華麗島軼聞・鍵（かぎ）

何敬堯
楊双子
陳又津
瀟湘神
盛浩偉
著

郭松棻：不知道你有沒有讀過一本小說叫《流》？是辜顏碧霞寫的，她是我媽媽的同學，年輕時長得很漂亮，是個才女，可惜她先生死得早，三十幾歲就守寡了，呂赫若在戰後初期過世之前，曾經和辜顏碧霞有過一段往來，有一段故事是她曾因涉嫌幫助呂赫若，被判刑入獄多年，並沒收其經營的臺北高砂鐵工廠。我父親[1]跟呂赫若也非常要好，他最後要逃亡之前，曾經把一串鑰匙交給我父親，後來就沒消息了，但我不曉得那串鑰匙是關於什麼的。那時我才小學三年級，這段記憶是我父親後來告訴我的。

——郭松棻《驚婚》附錄〈郭松棻訪談錄〉

1 郭雪湖：日治時期的膠彩畫家，著名作品《南街殷賑》，繪畫大稻埕城隍廟街風景。

目次
CONTENTS

【序】華麗時代的圓桌會　何敬堯——007
天狗迷亂　何敬堯——019

庭院深深　楊双子　——077
河清海晏　陳又津　——117
潮靈夜話　瀟湘神　——157
鏡裡繁花　盛浩偉　——269
【後記】給下一輪華麗時代的備忘錄　——299

【序】

華麗時代的圓桌會

何敬堯

從二〇一三年開始連載的漫畫《文豪野犬》，朝霧カフカ原作、春河35作畫，以「日本文學家」擁有「超能力」的人物設定，讓這些異能者在日本橫濱展開超能力大戰。這部異想天開的作品極為熱門，甚至有了小說、動畫等連動創作。

諸如中島敦、芥川龍之介、與謝野晶子等知名作家與其作品，皆是取材對象。例如名喚太宰治的角色，他的異能力稱為「人間失格」，能憑接觸就讓對手的異能無效化。

故事設定很大膽恣意，但轉念一想，這種靈活多變的創作，是否也為日本文學家的形象增添更趣味的觀點？

新時代的想像

純文學一向不是日本年輕人的閱讀首選，可是當出版社將太宰治的《人間失格》與中島敦的《山月記》書封換成了春河35繪製的帥氣人像，銷量大幅提升，許多年輕讀者藉此踏入純文學世界。日本向來擅長利用漫畫作品振興觀光，所以當「與謝野晶子紀念館」在二〇一六年與《文豪野犬》合作之後，館方也驚訝發現，本來大多是四十歲以上的中老年參觀者，展覽期間的中小學生參觀人數，竟是去年十倍以上。

文學，能不能有更多不可思議的想像？

日本創作者能以多變觀點翻轉文學形象，這種「改編」的能力，是從日本習以為常的歷史改編創作而來。不管是小說、漫畫或電影，若涉及日本歷史，總會在正史以外創造全新的詮釋空間。

例如夢枕獏小說《陰陽師》，讀者津津樂道安倍晴明與源博雅的友情，但在史實，兩人是否相識卻有待考察。石井步的漫畫《信長協奏曲》，則讓現代日本人三郎與織田信長交換身分，重新演義戰國傳奇。

此種超脫史實的故事創作，正是日本文學中「時代小說」的重要特色。在小說分類上，歷史小說強調史實基礎，注重人物的真實與歷史事件的價值。不過在日本文學發展上，也有「時代小說」的存在。時代小說儘管也涉及歷史，但真實人物、歷史事件並非其核心，而是更側重於以古代為背景來撰寫新穎故事。若觀察當代中國、韓國的通俗文學，依循此理的歷史穿越小說正大行其道。

歷史，能不能有別開生面的創造？

文學與歷史的幻境

世界不一定只能從固定角度觀看，尋覓史實之間的罅縫，擊破既定印象的銅牆，在小說的泥壤上，文學與歷史的嫁接肯定能綻出與眾不同的花種。

猶如天馬行空的《文豪野犬》不斷刺激筆者心緒，回顧臺灣本身，也引發一項疑問：以臺灣歷史為舞臺的時代小說能不能更多？

臺灣島，千百年以來是原住民游耕游獵之地，十七世紀之後相繼接受西方人、漢人、日本人……各種文化的進入。不論是大航海時代抑或清國時代，不同的民族在相互抗衡、交流、融合的過程中，臺灣逐漸成為擁有多元特色的海島國家。而在日本時代的殖民史，臺灣文化、社會更加錯綜複雜。

臺灣島每一段歷史，曼妙風華無與倫比，皆為小說取材的靈感泉源。

島嶼中部的大肚王，曾統領一座龐大的平埔王國，熱蘭遮城的四角稜堡閃耀夕暉，沿岸的清國時代港口傳來漢族水手的吆喝，在臺灣總督府博物館的展櫃中，藍地黃虎旗摹本兀自鋪展——隱藏在旗面底下的日夜雙面旗真相，還要等待一百年後才會揭曉。

臺灣島有著數不盡的軼事，每段歷史風華翩翩，是小說發想的珍寶庫。在臺灣歷史的轉折處，能否編織出萬花撩亂的幻境？

儘管只是個人荒誕的空想，儘管只是棉薄之力，卻時時刻刻縈繞於心。揮之不去的瘋狂妄念。就算失敗了又如何？總比什麼事都沒做過還來得好。

癡迷而迫切的盼望，坐而思，不如起而行，筆者便在二〇一六年夏季開始策畫一項小說合作的寫作藍圖，想邀請同樣喜愛歷史的作家們，齊心協力，創造出以「歷史和文學」為主軸的合作小說。

很幸運的，能夠陸續邀請到四名文采斐然的作家，共同參與這項有趣企畫。四位作家各有別樹一幟的創作風格：

楊双子，作品《撈月之人》、《花開時節》書寫柔美溫暖的女性情誼。

陳又津，在《少女忽必烈》、《準台北人》，以輕筆承載臺北城的重量。

瀟湘神，以《臺北城裡妖魔跋扈》架構奇幻史觀，融合推理與民俗。

盛浩偉，《名為我之物》，文筆切剖自我，思索個人與城市的當代價值。

能有這個契機來合作，我們五人都很欣喜。本來以為聯絡將會繁瑣，但往來過程卻一拍即合，彼此聯繫極為順利。

在網路聊天室裡，我們初步有了一些共識，例如，在歷史和文學的主軸上，我們希望將這本小說集的主題，聚焦於「臺灣日治時期」與「藝文界」，企望能以嶄新視野，書寫出截然不同的時代故事。

至於在形式上，我們決定先行討論出一個共通的世界觀，然後在這個大架構之下，每人再各自發展一個中短篇小說，最後集結五篇故事編成一部完整小說。

不久之後，我們便約定在九月二十四日第一次碰面，在臺北古亭的義式屋古拉爵聚餐，討論詳細計畫。

仲秋夜圓桌會

「我想分享一個有趣作品，也許可以成為我們的合作模式，也就是——小說接龍！」

在古拉爵的角落桌位，一開頭瀟湘神的提案就讓眾人精神振奮，他所舉例的作品是二〇〇四年的日本雜誌《浮士德》（ファウスト）第四期的小說〈對誰來說都不連續〉（誰にも続かない），這部作品就是多位作家以小說接龍所完成的創作。

為什麼會有這部作品呢？其實這是來自《浮士德》雜誌的企畫，當時編輯部邀請乙一、北山猛邦、佐籐友哉、瀧本龍彥、西尾維新五位小說家參加在沖繩舉辦的「文藝合宿」，為期四天三夜。每個人除了要繳交一篇小說，更要以小說接力賽方式，共同完成一部小說。

這種具備挑戰性的創作模式，即刻獲得眾人點頭肯定。若只是各自寫各自的故事，合作意義將大打折扣。不過若以故事接龍的方式進行，除了能夠增強整體感、連結彼此情節，更能讓不同作家在串聯故事時激盪出意外的火花。

「意外性」與「遊戲性」也是我們這一次「文藝合作」殷殷盼望的目標。

儘管決定故事接龍的創作方式，但是最重要的主線情節，又該如何確定？

正當眾人膠著之際，盛浩偉提及前幾日翻閱的書中，曾讀過一段有著謎題的段落：那是來自〈郭松棻訪談錄〉的段落，呂赫若逃亡前，曾將一串鑰匙交給膠彩畫家郭雪湖，也就是郭松棻的父親。不過，郭松棻始終不知道那串鑰匙有何作用。

在盛浩偉的介紹下，夥伴們皆震撼於鑰匙的神祕存在。這串鑰匙從何而來？又有何用途？

這則故事的懸疑感在我們心中鏤下深刻印象，我們隨即一致認同，很適合作為我們故事的核心主線，甚至可以將這則段落，引文作為我們小說合輯的卷首語。我們五人的創作，將圍繞這串鑰匙依序前進。

接下來的工作便簡單了，我們開始擬定基本的合作規則，確保彼此小說的連貫方式，並且分配故事接龍的創作順序與完工時程。最終決定的順序如下：

何敬堯→楊双子→陳又津→瀟湘神→盛浩偉。

每人寫作時間大約兩個月，一個篇章接續下個篇章，依序完成，預定隔年夏季將串連成一部完整作品。

華麗島與鍵

這一卷是，我以深摯的感情，
獻給曾經允許我居住過、生活過，
使我愛上的臺灣
——華麗島的小說集。

摘自《西川滿小說集》（春暉出版社）

初次認識西川滿，是在碩士班一年級的課堂。西川滿對於臺灣文化的熱情以及毀譽參半的文學生涯，瞬間引起我的好奇心。越是深入理解西川滿的創作，越對於他所開創的文藝風格深深著迷。從此之後，西川滿的創作觀與美學理念不時迴盪於心中。

因此，在古拉爵的圓桌會議之前，我便已經先擬定故事主角之一會是以西川滿作為取材的對象。不過，如同《文豪野犬》的大膽創意，我更冀望能夠跳脫史料之外，以西川滿為原型，為角色塑造出另一種迥然不同的形象。

圓桌會議上，夥伴們也相繼提出想書寫的人物、主題，雖然各自關注焦點相異，但我們的熱情卻是毫無二致，越燒越焰。我們期盼這部作品的實驗，能激發出意想不到的妙異火光。

儘管如此，我們的書名卻遲遲未決定。直至二〇一七年八月初，最後的篇章即將完成之前，經過反覆討論，我們決定將這部實驗性質濃厚的小說書名定為「華麗島軼聞」。

華麗島，光之源，是我們居住的臺灣島。西川滿自東京早稻田大學法文科畢業後，便決心返回魂牽夢繞的臺灣，視臺灣為第二故鄉，歡喜華麗之島。終其一生，西川滿創作皆圍繞臺島民俗歷史，「華麗島」一詞也因他的憧憬、歌頌而為人熟知。

此部小說開篇以西川滿作為取材對象，全輯故事幾乎以日治時期為舞臺，故以「華麗島」一詞鑲入書名，致敬這一段風華瑰麗的鯤島年代。

副標題則定為「鍵」（かぎ）。在日文中，「鍵」指稱鑰匙，也是此部小說主線情節會出現的重要物件。

此部小說不僅僅是個人的想像，更因眾位夥伴而成型。圓桌之前，我們的位置平等，我們的夢想一致。感謝夥伴們這幾個月以來協心戮力，筆者在此深深鞠躬。

感恩感謝。

華麗之島，時代遞嬗，這一串輾轉流傳的神祕鑰匙，將開啟何種故事？

注：

創作規則

1. 卷首引文是此部小說第一個背景設定，所有故事不可抵觸。
2. 呂赫若之鑰必須是每篇故事的關鍵要素。
3. 前四篇小說，鑰匙不能打開任何鎖；最後一篇小說，鑰匙一定要打開至少一項物件。
4. 每篇故事的主角可以不同，但必須是日治時期藝文界的實際歷史人物。
5. 故事世界以現實世界的史實為基礎，但允許現實世界中可能出現的各種超自然現象。

天狗迷亂

何敬堯

我家有妖怪。

自從那樁恐怖事件發生以來，已經將滿一個月。與其說妖怪主動現身鬧得家宅雞犬不寧，不如說被謠言影響的人越來越多。就算只發生過那麼一次目擊事件，但在繪聲繪影、閒言閒語的傳播下，家族之內人心惶惶。最嚴重的影響莫過於，祖母甚至與父親、叔叔起了激烈的爭執……

這陣子我天天心神不寧，就算今日為了排解煩悶來到西門町的南國咖啡館，想舒緩緊繃心緒。但杯裡的咖啡卻是越飲越苦，酸澀不已，甚至讓人反胃想吐。嘆了一口氣，我輕輕放下白瓷杯，從西服上衣的口袋掏出數枚銅幣，準備結帳。

「一杯冰咖啡，多少錢？」

「總共八錢喔。」一穿著寬領水藍制服的年輕女給[2]，在櫃臺後方微笑著答話。

這名女侍將齊肩的長髮紮成兩束各自垂在耳下，黑色髮束會隨著身體搖晃而擺動。女給的年齡約莫十五、十六歲吧，模樣看起來比杏子還大上兩三歲，修長的臉蛋與瓜子臉的杏子

2　女給：日本時代的咖啡店中，在客席之間從事餐飲服務的女侍應。

有些相仿，可是眼神卻比杏子還要清爽明亮，顯得很無憂無慮。

一想到杏子，我的心情就更加鬱悶難解，前幾天在姑姑家見到她，她仍舊一臉憂愁，緊閉著薄薄的雙唇。究竟哪時候才可以再次見到她的笑容呢？我很懷念以前的杏子。

——可惡的天狗，帶來厄運的妖怪……

我轉身推開咖啡館的玻璃門，門外的街道揚起一陣灰撲撲的塵沙，我順勢舉起手擋著風沙。

位於府城西門町的這間咖啡館，位置鄰近鹽水溪岸，常有腥鹹海風沿著街巷襲捲而來。不過眼前略大的風砂，是因為三名嬉鬧的學生，正騎著自轉車[3]在比賽輸贏，躁急的車輪揚起了更多沙礫。還有一輛人力車正載著一位身穿墨黑洋服、頭戴白色巴拿馬帽的客人。車伕一邊精神抖擻地吆喝、一邊用綁腿綿布纏繞的雙足奮力踢蹬著地面，更讓一陣陣塵沙撲撲捲起。

哎哎怎麼都沒好事情發生呢？目睹著自轉車和人力車揚長而去，學生們嬉鬧的笑聲漸遠，我暗自咕噥抱怨。正打算舉足離開時，背後傳來了「先生先生！」的清脆嗓音。

咖啡店內的那名藍衣女給，將一張紙條遞交到我的手上。我定睛一瞧，原來是吳老師寫給我的紙條，紙上有勁挺的鋼筆墨字寫著「鐵道飯店二樓，西川氏」的字樣。應該放置在我口袋中的紙條，看起來是方才掏尋錢幣的時候不小心掉落了。我腆紅著臉，向好心撿起紙條的女給鞠躬道謝。

方才因為心裡猶豫不決，也不知道找尋這位陌生人究竟妥不妥當？前往鐵道飯店的途中，我遲遲無法下定決心。正在游移不決的時候，恰巧在路邊見到了咖啡館的招牌，便想進店內冷靜思考片刻，再決定是否要去尋求這位來歷不明的人士相助。

就算對方是民俗學方面的專家，但真的可靠嗎？

根據吳老師的說法，對方是個博聞多識的學者，尤其在民俗學、神祕學的領域很有見地，廣學博聞，或許能為我解惑。同時，吳老師也皺著眉，眼神略帶一抹遲疑地說，那人喜怒無常，有著養尊處優的貴族性格，雖然身為內地人[4]，但據說在日本人的眼裡也很嫌棄他唯我獨尊的個性，在大學時代就常常受到同儕的厭惡。

——可是，他是一名真性情的人。我認為，他肯定能解答你的困惑。

3　自轉車：日本時代稱呼自行車為「自轉車」（じてんしゃ）。

4　內地人：日本時代對於日籍人士的稱呼。相對應的詞彙「本島人」，則是對臺籍人士（閩、客、原住民）的稱呼。

我反覆咀嚼著這番建議，聽起來對方雖然是名怪人，但既然吳老師如此信誓旦旦地保證，我也沒有理由繼續猶豫。

寫給我紙條的吳老師，是佳里醫院的執業醫師，因為父親與他是多年的老相識，我們家這幾年總習慣在他的醫院看病。他是一位仁心濟世的醫師，為人誠懇熱心，更是一名文化涵養極為厚實的知識分子，所以我都習慣尊稱他一聲「老師」。

吳老師經常來我家拜訪，與父親泡茶閒談，不管是政治新聞或者財經資訊，都與父親聊得不亦樂乎，有時候還會帶給我幾本日文書籍作為禮物。例如，一個多月前才送給我芥川龍之介的《河童》跟幾本柳田國男的民俗調查書籍，書中都是很有趣的故事，我讀得興味盎然。收到書的時候，我非常興奮，甚至還跟杏子聊起了書中的各種鄉野怪談，向她介紹許多奇異的日本妖魔故事。

自從去年——昭和八年[5]——從臺南第二中學校畢業之後，我便跟隨在勸業銀行工作的父親學習會計、經濟的相關知識，想以銀行員作為未來目標。聽聞我的選擇之後，吳老師始終很支持我的志向。

「很久沒看到你，竟然灰頭土面……是發生啥代誌？」

昨日傍晚在臺南車站附近的路口，巧遇了一個多月沒見面的吳老師，對方隨即親切地用臺灣話向我招手問候。雖然彼此都是本島人，但因為我出門在外總是一口日語，平日習慣改不過來，我還是用說得比較順口的日語回覆對方。

「還好還好，可能是最近睡得不好，才沒有精神。謝謝您的關心。」

「那就好，哈哈，我有段時間沒去你們家拜訪，請替我向令尊問聲好。」吳老師也笑盈盈地用日語搭話，向我揮了揮手道別，似乎要往前方的岔路走去。

凝望著吳老師漸行漸遠的背影，我終於鼓起了勇氣，出聲喚住對方的腳步。

「阿泉，有什麼事嗎？」

「老師，您……」

「咦？」

「您……相信天狗的存在嗎？」

「你是說，有著長鼻子，背上長著翅膀的天狗？」

「我想應該沒錯……大概是這樣的形象。」

「阿泉，你怎麼突然問起這麼奇怪的問題？」吳老師摸摸下巴，用一雙狐疑的眼睛打量著我，丈二金剛摸不清楚我在問些什麼，「嗯嗯，看起來你遇到麻煩了呀。我們一邊散步，你慢慢跟我說，我看看能不能幫上什麼忙。」

「那、那真是太感謝了！」

我當時的感謝並不是隨口說說而已，因為我已經被這件事情困擾了好幾十天。事實上，也並非只有我心神紊亂而已，我們家族內的每個人，都被這樁事件弄得七葷八素，甚至讓祖母起了拋售家產的念想。

「拋售家產是一件大事，怎麼會到這個地步呢？恕我冒昧詢問一下，你們家目前的財務，是不是遇到了什麼困難之處？所以才會有這樣的想法。」

「財務困難嗎？據我所知，我家並沒有經濟方面的問題。」

「我也認為不會有這樣的困擾。這幾年你父親在銀行裡做得很不錯，也有傳聞說即將要升任總經理了，本島人要坐這個職位很不容易呢，尤其這是日資的機構。況且，你叔叔在末廣町那邊開設的料理亭生意應該很好，上回到你家拜訪時，你叔叔還興高采烈地說，分店正在籌備中。難不成……籌資發生了什麼意外？才會讓令祖母有了拋售家產的念頭？」

「不不，聽我叔叔說，分店的籌備很順利。」

「那麼，我就想不透……為什麼要拋售家產呢？而且，這又跟天狗有什麼關係？」

「說是拋售家產，其實祖母的意思……只是想要售出目前我們居住的老宅而已，並且也跟籌資或是經濟困難，一點關係也沒有，單純只是想要售屋。祖母很執拗地堅持，一定要搬離現在居住的祖傳古屋。她言明如果不搬家，會發生不祥之事……祖母的固執脾氣一旦上來，誰的話也不肯聽，遑論阻止。父親與叔叔為了這件事，已經與祖母爭吵了好幾十天。幸好有姑姑在兩邊打圓場，當和事佬，否則狀況會更加惡劣。」

「為什麼突然想要賣屋呢？」

「因為，我家被詛咒了。唉，祖母說，詛咒終於應驗。」

「詛咒？」

「因為……有妖怪出現。祖母得知這件事情之後，整天提心吊膽，被嚇得魂不守舍，連飯都吃不下去。我也很擔憂祖母的身體健康。」

「妖怪？就是你說的……天狗？」

「沒錯……」我頓了頓，琢磨著該如何適切表達，「是我的表妹杏子，她所目睹。一直以來，我們家族都有中秋賞月的習慣，妖怪現身的那晚，是一個月前的中秋夜。那一晚，我們家族習慣一起聚餐，雖然表妹是姑丈與前妻生下的女兒，但是姑姑在每一年也會帶杏子一齊來到府城鄭子寮[6]的古宅，與眾人聚餐。表妹即是在那一晚，意外目睹天狗出現。」

「天狗真的出現了？」

「杏子說，她正要從後門進屋時，陰暗而沒有燈光的門後，突然竄現出一抹漆黑的影子，那是——背上有著一對翅膀的黑臉怪人。」

「這可真是怪異……那時，她肯定嚇壞了吧！」

「沒錯，因為太過於事出突然，她為了躲避那名莫名其妙現身的怪人，一轉身就慌張奔跑起來，朝街上逃去。結果，她一不注意竟然踩了空，跌進了鄰街施工中的地下水道涵洞。」

「真是太糟糕了，她還好嗎？」

「我們一聽到屋外表妹的叫喊聲，就急急忙忙拿著煤油燈筒跑出後門，四處搜尋一番，才發現涵洞中動彈不得的表妹。幸好她除了右腳扭傷之外，沒有其他太嚴重的創傷。當杏子從漆黑的涵洞中被救出來時，她餘悸猶存地說……說是被黑臉的天狗給迷惑了。」

「你的表妹會不會看錯了呢？將什麼影子誤會成妖怪。」

「嗯嗯，沒錯……祖母當時也是這樣安慰杏子，大家也笑著說，是杏子大驚小怪，想像力太強，才會歇斯底里驚嚇過度。可是隔天，祖母的態度卻劇烈改變，口口聲聲嚷著那名妖怪是瘟神，要來我們家降災，說是詛咒應驗了。」

「這也太過於迷信了。也許，只是她錯看了黑影，疑心生暗鬼，才誤會是天狗。後來，你有沒有在後門附近調查看看，也許有什麼怪異的東西出現在後門，才會讓你表妹誤會？」

「沒錯，我也這麼想，覺得杏子可能將什麼東西錯看成黑影。杏子從涵洞脫困之後，我也在後門附近稍微探看一番。可是，我除了在後門的門外看到三支插在泥地上的香炷之外，就沒有看到什麼怪異的事物了。我記得……前一天路過後門時，並沒有那三支香。」

「香炷……是什麼樣的香炷？」

「是很普遍的香炷，不過都已經燃燒殆盡，只剩下插在地上的黑色木條部分。」

「雖然很奇怪，但也很難想像跟詛咒有什麼關係。」

「是呀，現在已經是講究文明的年代了，怎麼可能還會有什麼詛咒呢？但是……祖母卻說起……說起神明廳的那件佛盒，說是那件物品帶來了災禍，如今歷史將要重演。」

6 鄭子寮：臺南市北區成功里的古稱，屬於安南區十六寮之一。

「咦？該不會是……你們家族傳下的那件佛盒？」

「果然，吳老師也知曉。」

「我是從你父親那裡聽來，關於『池大人』的傳說。或許……不應該說是傳說，因為傳說是用來稱呼虛無縹緲的故事，不知道是真是假，可能還是人們無端杜撰、虛構出來的事情。但據我所知，這應該不只是傳說而已。畢竟，連實物也流傳了下來。」

「是的，實物……就是那件佛盒。一直以來，這是我們家族避諱不談的禁忌。」

「文正公那年代留下來的禁忌嗎？這可真是久遠的歷史了。」

「真的是很久遠的歷史，久到讓人覺得這不過是無稽之談罷了，只是舊時代的迷信、陋習。唉，現在已經是文明的時代了，不應該這麼守舊，真是……太過荒唐。但祖母卻固執地將天狗視為『池大人』的化身，口口聲聲說是詛咒，父親也拗不過祖母。畢竟房屋的產權是在祖母名下，只要祖母願意，她隨時可以將房屋脫手售出。雖說如此，但叔叔的兒子——小我一歲的堂弟——倒是很支持祖母的決定，他認為既然老宅太過於老舊，與其每年花費金錢維修，還不如另購新屋還比較妥當。況且老屋的地段很好，這陣子府城的房產市場很好，恰好是販售的時機點。不過，最終的決定權還是掌握在祖母的手上。」

「令祖母的強悍性格，我也多少從你父親那裡聽聞。據說她從年輕時代就是一位女強人，所以就算夫婿很早就逝世，但也能一手支撐起家庭，精明地經營著上一輩留下來的米糖店，打下了你們家族現在的家族基業。」

「我家現在雖然是由父親做主，但祖母一旦有什麼決定，誰也不敢反駁。何況是牽扯到禁忌的事情……」

一路聽我講話，吳老師總是一派輕鬆的表情，但聽到我提及家族裡避諱的禁忌，也停下腳步，一臉嚴肅起來，雙手抱胸不斷地點點頭。

「原來如此，所以令祖母才動心起念，想要賣出你們家族祖傳的古宅。詛咒……就是來自『池大人』的詛咒。」

「正是如此。」

我們兩人佇立在路旁，沿街種植著一排排的鳳凰木。

花期已經將近末尾的鳳凰木，秋日冷肅，樹蔭下堆疊著枯萎的花瓣，枝頭也只剩下零零落落的黯淡紅花。

吳老師靜靜凝視著頭頂鳳凰木參差的綠葉，左手托撫著下巴，若有所思，彷彿有了什麼靈感。

「阿泉，你知道我是一名醫生，像是這一類神怪事件，我並不熟悉，甚至可以說，與我所學背道而馳。但我想……我可以介紹一位這方面的專家給你。」

隨即，吳老師便從口袋中拿出一枝鋼筆與筆記本，寫下那名專家的名字還有聯絡地點。

「其實，我正要去拜訪這個人。他去年才從內地回來臺灣，在臺北城裡經營一間書房。我與他是在東京的學校結識，雖然不太熟稔，但彼此都從事文化活動，也有了些許聯絡。所以這次他來臺南旅行，便約了我見面。」

「這個人……可靠嗎？」

「雖然他是個性格古怪的人，但也許你能從他那邊得到一些解答。」

吳老師在筆記本上寫好資料之後，便將那一頁撕下來遞給我，也順便介紹了他這位性格有些古怪的朋友。並且說他等一下拜訪他之時，會先跟對方說明我的處境。

「明日下午，你再去找他吧。」

吳老師說完這句話之後，便微笑告辭離去。

此時此刻，我手持著那張吳老師寫給我的字條，佇立在鐵道飯店的門口前，正打算要推開門扉的時候，我的肩膀被人拍了一下。

我嚇得往側邊一站，腳步不穩差點滑跤，手中的紙條冷不防被抽走。

回頭一瞧，後方站著一位身穿黑色洋服、頭戴白色巴拿馬帽的男子。

對方瞇著眼睛，一邊斜睨著我，一邊端詳著從我手中搶去的紙條。這不是方才坐在人力車上的那名客人嗎？

「果然是史民兄的字跡。喂喂，少年，聽說你要找我？」

●

往運河的水面望去，正值薄暮時分的河面，閃耀著波光粼粼的夕陽餘暉。平常總有許多釣客在河上划船垂釣，不過因為將近夜晚，水面上的釣舟數量銳減。

此時，有一群墨黑色的小蝙蝠在水面低空盤旋，正在捕食河畔草叢間的昆蟲。

「昨天，這條河上有屍體漂浮。」

身旁的男子倏然說出這句話，讓我不知道該怎麼回答。

「今天特地再跑過來看，果然屍體已經不見了。我以為這條運河的水流這麼緩慢，應該會停留一段時間。」

在鐵道飯店門前遇到這名奇異的男子，對方一眼就認出我是吳老師口中「徬徨困惑的年輕人」，直接就對我拍肩搭話。我還懵懵懂懂之時，他竟然立刻詢問我，認不認得去臺南運河的路，因為他想去運河「尋找屍體」。

不知不覺之間，我就帶領著他往臺南運河走來。

儘管對方說出了「屍體」這樣危險的字眼，但我一直以為他只是在說笑而已。沒有料想到一靠近運河，他便東張西望，推著鼻梁上的銀框眼鏡，用銳利的眼神左右掃視著河面，像是要尋找什麼。

所以，真的有屍體嗎？

我頓時也慌張了起來，趕緊走上堤防邊，朝水面急急眺望。

「西川先生，真的有屍體嗎？我們要不要趕快去通報警察？」

「啊？警察，這種小事不用勞煩警察。」

「可是，發現屍體這種大事情，一定要報警，不管是自殺或者他殺，都要讓警察快點進行調查。」

「就算你這麼說，但警察不會對這種……喔，原來如此，哈哈。」話一說完，他就取下頭頂上的白色巴拿馬帽，拿著帽子朝我揮揮手。

「不是不是，你誤會了。」

「什麼意思？」

「我說的屍體，不是人的屍體啦，是小狗死掉的屍體。」

原來是狗的屍體，而不是人的屍體。

我深呼吸一口氣，真是嚇死人了。

這時，我好像有點體會到吳老師描述他的朋友時，總夾雜著些許無奈苦笑的口吻。

「昨天我乘著人力車在臺南四處跑，路過運河的時候，恰巧見到河面上漂流著一隻小黃狗的屍體。匆匆一瞥，屍體還沒有浮腫潰爛，看起來才剛死亡不久。當時雖然很好奇，可是因為我急著要去其他地方，所以就來不及下車查看。本來以為今天可以張大眼睛見識一番，才特地過來，可惜只是白跑一趟。」

「為什麼西川先生要來看狗的屍體呢？」

「因為要來拜見臺灣人的民俗，增廣見聞。雖然小時候我就住臺北城，但可能附近町民都是內地人的緣故，所以始終沒機會一見這樣特殊的民俗。」西川先生悠悠解釋。

「民俗？但是狗的屍體又跟民俗有什麼關係……啊，是這樣子啊。」這時候，我才想起俗話說「死狗放水流，死貓掛樹頭」的臺灣特殊習俗。

見我恍神的模樣，西川先生似乎覺得興味盎然，嘴角一揚，輕聲笑了起來，開口問我：

「那麼，你知道為什麼狗隻死亡之後，要投入水中嗎？」

「我只知道這是地方上的習慣，但原因為何……我並不清楚。」

「因為臺灣民俗相信，一旦狗屍埋入了地底，就會吸取地氣，蛻變成『狗妖』，向人們作祟搗亂。所以，一旦狗隻死亡，就要讓它漂流水上。如此一來，死亡的狗隻才能進入天道輪迴，擁有成佛的機會，或者是轉世為人。」

「沒想到，現在還有人做這種不衛生的事情，我以為這是很古老的民間習俗了。」我很驚訝現代還有人做這種事，不禁搖頭起來。

「你會這樣講，可見你太年輕了。民間習俗，比你所想像的還要根深蒂固喔。畢竟只要有人的地方，就有傳統。就算是多麼荒謬的事情，人類只要心存恐懼與崇敬，在時間的洪流之中，習俗就會存在，而且無所不在。」

聽到西川先生如此說明，我聯想起祖母面對「池大人」的恐懼態度，雖然很不理性，但似乎也能稍微理解。

因為，祖母是生活在傳統時代的人，就算如今已經是日本人統治的新世紀了，可是祖母從小是在舊時代的大家庭裡成長，人生中最精華的歲月是浸淫在前清的舊世界裡，難怪如今也還對「禁忌」、「詛咒」這一類不科學的事情，有著很根深蒂固的觀念。

「雖然沒有找到狗屍，不過，今天總算還是碰到了跟『狗』有關的事情。」

「跟狗有關？」

「就是你呀！你不是要來找我？詢問有關於天狗的事情。」男子再度瞇起眼睛，圓框眼鏡裡一雙細長的雙眸凝視著我。

「沒錯，是吳老師向我推薦，可以找您相談……關於妖怪的事情。」

「事件的梗概，我已經從史民兄那裡聽說了。目前，在鄭子寮的古宅居住的人有誰呢？」

「有祖母、父親、叔叔與他的兒子，還有我。姑姑早在十多年前就嫁出去了，不過每一年中秋都會帶著表妹一起返回老宅聚餐。沒想到，今年竟然發生這種怪事……」

「杏子小姐遇到天狗而受傷，就算你們去派出所報案，恐怕也會被當作是瘋子吧！」

「沒錯……」

「所以，我想了想，其實問題的癥結點很簡單，只要對症下藥就好了。」

「對症下藥？」

「目前看起來，最大的問題是令祖母的想法，只要她不改變想法，事情就不會有任何轉圜的機會。既然如此，就嘗試著讓令祖母改變想法。也就是說，依照著令祖母的思考方式，去尋求化消災厄的管道。她如果很固執地相信這是邪神來家裡作祟，那麼就順應著她的想法，去附近的宮廟祭神祈福，去找尋法師，或者請紅頭師公來消災解厄，都是不錯的辦法。」

「這些方法，我們都已經試過了，甚至還請了廟口的乩童來家中起駕作法，想要消除業障。對我來說……我真的很厭惡這些怪力亂神的儀式，誰知道起駕請神是真是假呢？但為了要讓祖母安心，我們也只能出此下策。可是，祖母卻一點妥協的意願也沒有，還是堅持要搬家，趕緊將房產售出。」

「原來如此……」男子在堤防上一邊踱步，一邊將手上的白色巴拿馬帽輕輕地揮舞旋轉，像是在思考什麼。

聽到男子方才提出去宮廟祭拜、央請師公的建議，我實在是嚇了一跳。沒想到對方雖然是內地人，但是對於臺灣的習俗祭儀看起來很熟稔，甚至還以福佬人的臺灣話口音，說出了「紅頭師公」這四個字。男子與我對談的過程中，一旦遇到一些本島習俗的專有名詞，對方也經常流利地用臺灣話說出那些字句，發音極其標準，實在讓人意外。

師公是臺灣信仰裡很獨特的道教法師，有「紅頭」與「黑頭」的分別，常常讓內地來的人分不清楚其中的差別。但其實辨別方法很好認，頭繫紅巾的「紅頭師公」負責度生，頭戴烏帽的「黑頭師公」則負責度死。知曉紅頭師公可以為生者祈福的西川先生，確實很了解臺灣的民間宗教。也許，向他請教妖怪作亂的事情很適當。我總算安心了起來。

「話說回來，我真是驚訝吶！」走在前方的男子猛然出聲，將手上的帽子往上舉起，彷彿在空中隨意畫了個圈，才將白帽戴上頭頂。

「沒有想到，文正公的血脈還在島上流傳著。從史民兄那裡聽說的時候，我真是詫異。你們家族承襲著偉人的血緣，卻一點也不聲張，默默度過了這一兩百年來的歲月。」

「根據祖母所說，不要向外人透露家族的血脈，是祖訓之一。因為吳老師是家父很信任的好友，所以才會向他提及我們家族的過往。」

「隱瞞家族歷史，確實必要。畢竟文正公逝後，馮錫範干政亂朝，不久之後，國姓爺的東寧王朝也被清國人攻下，文正公一心維護的王朝就此覆滅。在兵荒馬亂的時候，隱姓埋名的確是最好的選擇。小兄弟……我聽史民兄說，你名叫施天泉？姓施，而不姓陳，是為了避禍？」

「我想，應該是如此……據說那年代太過於混亂，先祖為了避禍，所以便與一名施姓男子成親。雖是招贅，卻是協議以男子姓氏為後代冠姓。」

「聽起來，令先祖是一名女性囉。根據文獻，文正公的子嗣有二子三女……該不會，史書上記載文正公那名身分不詳的小女兒，便是你的祖先？」

「是的，我們家族目前居住的老屋，據說也是文正公那一代留下來的古宅，其餘的宅邸都因戰火而焚毀不存了。」

「嗯嗯，原來如此……真有趣，這一段家族史真是有趣極了！」

「是嗎？我可不覺得有什麼趣味，反而一直很困擾。」

我素來對於家族過往的歷史沒有什麼興趣，何況這次的事件又與家族史有關，讓我更加煩悶。

身為人子，不能選擇父母，也同樣不能自由選擇家族，這是生來就注定的事情，就算想擺脫也擺脫不了，真是無奈。

不過聽聞外人對我家族的評語是「有趣」，我還是隱隱約約有些反感。

「哎哎，別這麼嚴肅，我只是單純對於歷史過往很有興趣而已。說到歷史……自從去年從內地回臺，我就一直在研讀前清的典籍。有一本巡臺御史著作的書籍《臺海使槎錄》，以及高拱乾編修的《臺灣府志》，書中都記載了文正公逝世前數日，有人自稱『天行使者』登門拜訪。文正公以禮相待，可是幾天之後，文正公卻猝然而逝。我一直認為，這一段記載不過是稗官野史附會的傳說罷了。所以，當我從史民兄的口中聽聞這件事情時，不禁目瞪口呆，果然史料還是有一些道理存在啊。那一位奇妙的使者，就是你們家族代代流傳的『池大人』，是吧？」

「您說的沒錯。並且，我們也會稱呼『池大人』為使者大人。」

「那麼，當年『池大人』拜訪的文正公宅邸……」

「根據家族裡流傳的說法，就是目前我所居住的那間古宅。」

「有兩百多年歷史的古宅啊，真是讓人好想參觀。不過，據我所知，府城人對於文正公與天行使者，非常敬奉景仰，甚至也會在廟裡並祀。但我從史民兄那裡聽說，你們對於『池大人』似乎很忌諱，甚至感覺有些……排斥？」

「西川先生的觀察真是敏銳。確實，我們家族對於『池大人』的態度很複雜……雖然府城有些廟宇以崇拜的心態祭祀文正公與『池大人』，但對我們家族來說，陳姓家族的族運敗壞的起點，就是從使者大人來訪的那一天開始……甚至可以說，是『池大人』將厄運帶來。不知道從哪一代開始，我們家族的人便將『池大人』視為厄神的化身，是帶來詛咒的厄神。」

「嗯嗯，這也是很自然而然的想法。對了，你知道府城有哪些宮廟會祭祀『池大人』嗎？」

「這……我就不太清楚了。」

「我了解了。但，就算有這樣陰暗的歷史，可是只要經過時代的輪轉，在時間的淘洗之下，曾經『被詛咒』的記憶應該也會逐漸淡忘吧，為什麼令祖母還這麼心心念念這樁事蹟，甚至認為『池大人』還會繼續帶給你們家族厄運呢？」

「我想，應該是……那件佛盒的緣故。」

「聽說佛盒裡的物件，就是當年『池大人』拜訪陳宅之後，遺留在你們家中的物品？」

「是的，佛盒是前人請工匠特意打造的物品，目的便是為了藏放當年『池大人』離去之際，遺留下來的物件。根據家族裡的傳言，呃……是說，未來終有一日，使者大人會再度返回，取走這件物品，同時也會帶來災難。基於這個預言，我們也無法隨意處置這個佛盒。」

「我懂了。對於那個物件，你們始終懷抱戒慎恐懼的心態，可是又無法棄之不理。所以為了不想見到那個物件，你們乾脆利用佛盒來封裝那個物件……」男子沉吟片刻，才再度開口說話：「也就是說，佛盒中的物件就等同於使者大人的存在，就算你們想忘卻這段歷史，可是只要佛盒中的物件仍然存在，使者大人的詛咒就仍然存在。因為這則預言的關係，你們就算想請僧侶法師處置這件佛盒，放在寺廟裡祭拜，甚或是丟棄——都是不被允許的行為。因為，若是使者大人回返，想取回這個物件，如果發現物件消失了，恐怕會降下更大的災禍吧。」

「正是這個道理。所以，祖母的意思是，想要讓佛盒永遠留在這座古宅中。祖母相信，怪人現身，就是為了警告我們，所以祖母才希望我們趕緊搬離這座古宅。」

「事情果然有點棘手。」

「我很希望事情快點落幕，也可以讓祖母不要被過往的禁忌束縛住，可是又不知如何是好。」

頭戴巴拿馬帽的男子，再度瞇起鏡框中的雙眸，表情沉靜幽深，似乎在爬梳事件的前因後果，雙手環抱胸前，緩緩開口：「嗯嗯，我懂了……讓我重新整理一下這樁事件吧。也就是說，在一個月前，中秋夜的那一晚，杏子小姐從後門要進屋，結果被一位貌似天狗的妖怪所驚嚇，甚至還跌進了鄰街的涵洞中受傷。事後，令祖母固執地認為這個妖怪，就是『池大人』的化身，也相信你們家族代代傳說的詛咒將要應驗，會重演當年使者大人來訪，帶來災厄的事件。因此，令祖母為了避災，便希望趕緊搬離你們祖傳的家宅，並且遠離象徵著使者大人存在的那件佛盒。但你們卻認為，這只是令祖母胡思亂想，根本沒有什麼荒唐的詛咒，也沒有什麼怪異的天狗作亂，所以根本不需要將古宅售出。事件經過，大概是如此？」

「正如西川先生所言。」

「另外，也可以將搬家的事情，分成兩派的想法。反對搬離古宅的人，有令尊跟你，還有你叔叔。支持搬離的人，則是令祖母與你的堂弟。那麼，你姑姑的想法呢？」

「姑姑的態度是誰也不支持，忙著在雙方之間做調和，算是屬於中立吧。」

「嗯嗯，我懂了，不過……你真的是為了不想讓古宅售出，才想證明妖怪不存在嗎？」

「這個……」我不禁低下頭。

「好吧，這個問題先放一旁，畢竟一點也不重要。目前整件事情看下來，有一大堆不合理的狀況，真是荒謬。」

「您是說，祖母太過於迷信了嗎？」

「哎，才不是呀……我跟你說過了吧，請不要小看信仰。毋寧說，令祖母尊信你們家族祖訓與歷史的態度，才是這整件事情最合理的部分。」

「呃……」

「最荒謬、最不合理的部分，其實是天狗。因為，天狗竟然出現在臺灣人的家裡？根據你的說法，杏子小姐遇到的妖怪，是長著翅膀的黑臉天狗。擁有這種外貌的天狗，是日本的天狗喔！」

「這……天狗出現，本來就是很怪異的事情啊，我一直覺得很不可思議。」

「不不，你誤會了。我的意思是說，這種天狗的外貌，完完全全就是日本文化中的天狗。如果說，在這次的妖怪事件裡，杏子小姐遇到了水鬼，還是說被山中的魔神誘拐走，就一點也不奇怪，會是非常正常的狀況。嗯嗯，這麼說好像很奇怪，呵呵……我的意思是說，因為，不管是水鬼或者是魔神，都是臺灣的民間故事會出現的妖魔鬼怪。可是，杏子在府城中的一座古宅中，卻遇到了日本傳說中的天狗？怎麼看都不合理。所以最大的問題便是：日本天狗，怎麼會飄洋過海來到這座島嶼呢？」

「您問我這個問題，我也……」

「說到底，天狗——到底是什麼樣的妖怪？」

話一說完，西裝男子便轉身離開堤防，跨著大步往路邊的一排行道樹走去，拾起了一支木棉樹掉落的小樹枝。

「這種模樣……是日本天狗的普遍樣貌。」

一邊說著話，男子一邊在沙地上用樹枝做畫，畫出了一張老人的臉龐，濃眉大眼，並描繪出長鼻子的特徵。

「這是最典型的天狗樣貌，有著長鼻子、有翅膀會飛的天狗。根據江戶時代刊行的書籍《天狗經》所言，日本山林中一共棲息著十二萬五千五百隻天狗。並且，天狗很熱愛戰爭，在武家時代常常暗中策動許多戰事。所以民間傳言，只要有天狗出現的地方，就會有兵燹禍亂。」

「帶來災禍的妖怪嗎……」

「沒錯，從一點來看，與使者大人的傳說挺類似。如果追蹤日本天狗的源頭，可能最早出現的天狗，會是聖德太子蘇我馬子合編的《舊事記》中，提到了神話人物素盞嗚尊吐出了一股剛猛之氣，化成了『天逆每』。『天逆每』是可怕的邪神，頭部是野獸模樣，鼻子十分尖長，很類似後代天狗的形象。因此，我覺得很奇怪。」

「哪裡奇怪呢？」

「在日本天狗的傳說裡，長鼻子是很通行的描述，可是杏子小姐目睹的妖怪，卻是臉部漆黑，並沒有說到長鼻子的特徵。」

「的確，表妹並沒有說到那名怪人有長鼻子。」

「那麼，為什麼杏子小姐會認為那是天狗呢？既然是臉部漆黑，所以應該是指『烏天狗』吧！」

「原來如此，是烏天狗啊。我在吳老師給我的民俗書籍中，讀過這個說法。這一批書中，寫了很多關於天狗的故事。」

「烏天狗又稱鴉天狗，在《源平盛衰紀》中稱呼為小天狗，是一種全身漆黑如墨的妖怪，所以臉龐當然也是黑色。所謂大天狗，則是面貌赤紅、鼻子高長的『鼻高天狗』，法力比小天狗還要厲害，所以小天狗會被認為是大天狗的部下。據說，烏天狗形象猶如漆黑的烏鴉，能在天空自由飛翔，形貌如同半人半鳥。」

「聽起來與表妹遇到的怪人模樣很相似。」

「不過……杏子小姐遇到的妖怪，真的是天狗嗎？」

「咦，怎麼問題又兜回來了……」

「因為我現在講的天狗，不管是大天狗或是小天狗，這些形象都是從江戶時代以來，人們逐漸相信的形象。可是在更早之前，人們相信的天狗，是不一樣的形象。」

「天狗形象會隨著時間改變嗎？」

「這是當然的。日本國傳言是八百萬神鬼妖魔棲居之國度，但其實，這麼多種類的妖魔鬼怪，很多並不是日本本土所產生的傳說。如果要考證日本妖怪的起源，我認為，至少有七成的比例其實是從中國文化引進，兩成的比例是來自於印度文化，只有一成的妖怪，是日本土生土長的地方傳說。例如天狗，就是從中國所傳來的妖怪形象，經過日本幾百年來的在地化之後，才創造出來的獨特形象。最早的中國天狗，是這種模樣……」

男子隨即低下頭，在長鼻子老人的臉龐左側，逐漸描繪出一隻彷彿有著狐狸形狀的野獸，野獸身上的毛髮形成條紋與斑點的輪廓，看起來似乎很像大山貓。

木棉樹枝摩擦地面發出了沙沙聲響。

「在中國的古書《山海經》中，說到天狗居住於陰山，形狀如同大狸貓，頭部有著銀白色的毛髮，會發出『喵喵喵』的叫聲，這種叫聲想像起來……還挺可愛的，是吧？並且，因為天狗素來有食蛇的本領，所以也被視為抵禦凶害的奇獸，能帶來吉祥。可是，擁有禦凶之能的天狗，後來卻逐漸演變成形容彗星的詞彙，在《史記》跟《漢書》之中，天狗星都被描述成會引起壞事的徵兆。到了唐朝，諸多中國文化流傳到了日本，日本受到了天狗之說的影響，才慢慢發展出屬於日本天狗的獨特故事，甚至也混合了佛教的元素。據說生前心地善良的僧人，輪迴轉生後會成為『善天狗』，負責守護世間的修業僧侶。」

「原來還有這樣的轉變，真是奇妙。」

西川先生果然對於神祕學這一類的事物很有研究，這些關於天狗妖怪的故事考證，我聽得很興味盎然。我來回注視著地面上的兩幅砂畫，有著長鼻子的濃眉老人，以及像是大山貓的異獸……誰能想像到，原來兩者都稱作天狗呢？光是天狗這一個詞彙，經過各方表述，就衍生成諸多不同形象。

「詞語，擁有生命，會隨著時代而變化，也會隨著不同的講述者，產生微妙的差異，或者蛻變成截然不同的面貌。因此，被詞語所定型的妖怪，同樣也會隨著詞語的轉變、述說者的相異，擁有與眾不同的形狀。所以，讓我們返回本島的情境……臺灣島上也有天狗的傳說嗎？」

這時，男子便將手上的樹枝放回木棉樹下，轉身面向我，並且從黑色洋服的口袋中拿出一張紙片。

我以為他是拿吳老師所寫的紙條，可是對方卻是將一張黃色的紙張遞給我。

那是一張符紙，是師公用來除魅消災專用的紙錢。

「我這次來臺南，其實是為了來尋找『外方紙』這種特殊的紙錢。昨天也在府城的各家金香鋪跑來跑去，想要將一百零八種的『外方紙』蒐集齊全。被我僱用的人力車伕，應該一整天都體力透支了吧，因為被我呼來喚去，請他跑遍府城每一家的金香鋪。不過，一整天下來，他應該也賺得很足夠啦。總而言之，這張符紙，便是外方紙。」

「外方紙？那是什麼？」

「外方紙是一種紙錢，是臺灣道士用來祭煞改運的一種道具。據說世上有一百零八種關煞，所以有一百零八種不同圖繪的紙錢，用來鎮壓各種煞氣。像是這張紙錢，就是為了祭送天狗。」

我從西川先生的手中拿起黃色的符紙，長方形的紙條邊緣畫著黑框，框中畫著一隻黑犬在雲霞上踏足飛奔，並且低頭凝望雲間的縫隙，彷彿正在窺探雲朵下的大千世界。黑框的正上方，則寫著「天狗錢」三個字。

「天狗錢？這是什麼意思？」

「臺灣民俗相信，天狗是一種惡獸，如果被纏上的話，就會被咬，會有血光之災。如果某生肖的人流年犯天狗，同樣也會遭逢厄運。所以為了保平安，就要將飯菜放於屋外的竹籠上，焚香祈禱，並且燒化這種紙錢，謝絕惡狗的侵襲。除此之外，關於本島天狗的紀錄，我也從一位蘇格蘭傳教士，甘為霖牧師著作的書中讀到。」

「甘為霖？」

「甘為霖是一位很認真的傳教士，前清時代就在島上宣教，本島教會的教友們也流傳『南甘為霖、北馬偕』這麼一句俗話，可見他的影響力很深遠呢。大正年間，甘為霖牧師曾經在倫敦出版了他在臺灣傳教的日記《素描福爾摩沙》，書中就記錄了他在嘉義城中，看到民眾對著月蝕現象敲鑼打鼓，他覺得很莫名其妙。經過詢問，甘為霖才得知，原來島上民眾相信月蝕和日蝕會發生，是因為有巨大的天狗在啃食日月，所以每當日蝕、月蝕之時，知縣大人就會吩咐人們敲鑼打鼓、燃燒紙錢與鞭炮，企圖要嚇跑雲際的天狗。當然囉，沒有任何妖怪或者天狗，能忍受這一連串震天價響，所以不久之後，月亮果然回復了原樣，民眾也很安心地回家聚餐慶祝。」

「原來有這些奇特的儀式，燒化天狗紙錢、敲鑼打鼓來嚇退食日天狗……我都不知道。」

「府城這裡的人，還有很多人會進行這樣燒化紙錢的除魔儀式，所以我才能在金香鋪裡找尋到其他地方都看不到的稀奇紙錢。如果單純從版畫藝術的層面來看，這些紙錢上的圖案很古樸典雅，是民間藝術的珍貴寶藏。利用外方紙進行祭煞、改運的祓除儀式，在島上各地其實很常見，有些地方耆老應該還會講述敲鑼打鼓嚇跑天狗的軼事。你不清楚這些事情，應該是你潛意識裡拒絕這樣不開化的行為吧。」

被西川先生這麼一說，我不免漲紅著臉。

突如其來，我聯想到另一個常常聽聞的名詞，也與天狗相關，便開口反問對方：「那麼，西川先生聽過『天狗熱』嗎？這是一種很恐怖的疫病喔，經常在臺灣引起全島性的大流行。若罹患這種疾病，輕者咳血，重者心臟衰竭死亡，絕不能輕忽。但是，這個疾病又跟天狗有什麼關係？」

我說到「天狗熱」這個專有名詞時，還特地用本島話的口音緩緩說出，想考考對方。

「沒錯沒錯，這就是詞彙轉換的好例子！」白帽男子沒有被我的問話打倒，反而笑了起來：「本島人所謂的『天狗熱』，日文來講就是『登革熱』[7]，是一種會在熱帶地區出現的急性發疹傳染症。因為我的醫生朋友還挺多，所以閒暇時候我經常向他們借讀一些醫學書籍，前陣子翻到一本明治三十五年發刊的《臺灣醫學會雜誌》，堀內次雄就考察過這種疾病。根據他研究，本島人習慣將此病稱為『斑痧』，經過一連串調查，他總算才將斑痧確診為登革熱。日語的『登革』就是直接從英語的『dengue』音譯而來。至於為什麼本島人會稱之為『天狗熱』呢？我認為，這是因為本島人在傳述『登革』這個詞彙的時候，語音混淆，反而講成『天狗』的相近音，陰錯陽差，多麼奇妙呀！再加上，本島人原來就有畏懼天狗沖犯的習俗，而這種奪人性命的熱帶病不就像是天狗凶煞？所以順理成章，以訛傳訛，本島人就將這種熱帶病稱為天狗熱。據我所知，這也是亞洲各國之中，由臺灣獨創出來的特有名詞。儘管詞彙有所誤差，卻更加傳神，這就是語言的神奇奧妙呀，太有趣了！」

滔滔不絕說著話，講到激昂處還會拍著雙手哈哈大笑，這應該也是西川先生神奇奧妙之處。

儘管很不甘心，但是這名男子的一番講述，實在讓人大為折服。沒想到只是一個簡單詞彙，在不同文化的轉述當中，就會呈現另一種狀態。

「哎，不小心講太多題外話啦。閒話休提，讓話題回到你們家族煩惱的天狗妖怪吧。總而言之……問題的核心便出現了。」
「什麼是問題的核心？」
「令祖母身為本島人，對於日本的天狗，應該很陌生吧，所以應該不會對長鼻子的天狗有所懼怕。杏子小姐說出，她被天狗迷惑了，當時令祖母也覺得肯定是孫女錯看了什麼。因為在令祖母的想像裡，所謂的天狗，應該會像外方紙裡繪畫的這種黑狗一樣，是狗型的妖怪。」
「這麼一說，的確是……」
「可是，隔天令祖母的態度竟然轉變了，變得非常害怕，也認為天狗帶來了使者大人的詛咒。不過，你回憶一下，令祖母真的有說過天狗這個詞彙嗎？」
我仔細想了想，確實，祖母只會用「使者大人」、「池大人」來稱呼那名怪人。會說「天狗」這一個詞彙的人，只有我與堂弟還有表妹而已，細細回想……其餘長輩似乎都沒有用天狗稱呼過那一夜出現的怪人。

7　登革熱：日語「デング熱」。

「是天狗，但又不是天狗——這就是問題核心。」

「是天狗，但又……又不是天狗？」我反覆咀嚼對方的言詞，完全不知道對方在說什麼。

「我很在意令祖母曾經用一個詞彙，形容那一夜出現的怪人，我聽史民兄說，令祖母曾經用『瘟神』這樣的詞彙描述那位怪人，是嗎？」

「沒錯，祖母確實這樣說過。」

「昨天聽聞你們家族的事情之後，我心生疑問，便繞去府城本町的興文齋書局查書，果然在南明將領之子江日昇寫的《臺灣外紀》，搜尋到蛛絲馬跡。」

「什麼蛛絲馬跡？」

「根據書中所言，文正公接見使者大人時，是用『瘟使者』來稱呼那位大人。」

「瘟使者？」

「讀到書中這麼講，我頓時豁然開朗。這樁事件，其實謎底很簡單。」

「欸……西川先生，您昨日就已經明白整件事的來龍去脈了？」

「事件的緣由大致上清楚了，只需要推敲一些關鍵，就會明白。與你談過之後，我又更加確認了我的推測。」

「那麼，請您告訴我！」

「別急別急，我還有一些事情需要查證。畢竟，我對於很多本島習俗還不太了解。我需要求證一番。」

「既然您已經……」

「哎，別這麼失望，放心好了，明日……我們約明日中午吧，到時候，我再跟你說明我的想法。至於地點……嗯……我對府城這地方不太熟悉……」

「不如，我們約在南國咖啡館吧。這一家咖啡店，位於西門町。」

我隨即跟西川先生說明南國咖啡館的地址。

「我記住位置了，那麼就明天見！對了，絕對不能忘記這個……」

話一說完，男子便迅速地從我手中抽走那張繪畫天狗的黃色符紙，對我揮了揮手，轉身即將要走。

「可是……」我不自覺喊出聲。

穿著黑色洋服、頭戴巴拿馬帽的男子略微轉頭，微笑著開口：「好吧，我再問你一個問題，你知道什麼是『聽香』嗎？」

「聽香？這……我不知道。」

「這是一種奇異的儀式，會在中秋夜舉行。果然，你身為男性，確實不知道。」

「咦……」

「放心吧，明天見面，我就會告知你整樁事件的解答。你只要將我的推理告訴令祖母，她一定會信服，也一定會放棄搬家的念頭。因為，人只會相信自己想要看到的東西。對了，我也想跟你做個交易。如果事情順利，你要將一件物品送給我，就當作諮詢費用吧。」

「物品？什麼物品呢？」

「我想要你們家代代相傳的那件佛盒！當然包括使者大人遺留下來的那個物件喔。我沒有提過嗎？我也是一名骨董收藏家，喜愛收藏奇異的古物！」

「欸……」

「請放心，我會抓住天狗。」

不等待我的答話，男子便哈哈大笑，轉身揚長而去。

到底……現在是什麼情況？

西川先生說來就來，說走就走，實在是一名捉摸不透的怪人。我一臉錯愕的表情，注視著男子遠去的背影。

今日與西川先生見面的過程中，對方也總是不停在自說自話，開口就是長篇大論，我似乎慢慢理解吳老師對這位友人好壞參半的評價。可是……我並不厭惡這個人，反而從對方那裡聽聞了諸多奇事異譚。我對於西川先生的廣博學問，很是信服，究竟他是什麼來歷？

不過，他說要抓住天狗，究竟是在說玩笑話還是認真，我實在弄不清。

聆聽著西川先生對於民俗與迷信的見解，我倏然想起之前與吳老師閒聊時，吳老師曾經感嘆著說：「雖然我是學醫的人，接受現代的進步思想，可是我有時候總覺得，也許未來很久之後，所謂科學，所謂現代醫學，終有一天也會成為一種過時的迷信吧！」

「這是什麼意思？科學怎麼可能成為迷信？」

當時我對於吳老師的話百思不解。

——因為，時代會輪轉，永不停歇。

最後，吳老師只回答我這麼一句話。

與西川先生在運河堤防道別的此刻，我無端憶起吳老師的這句話，並且在心中咀嚼再三。

夜色漸濃，運河堤防街道上的路燈，正逐一亮起。

一週過後，我與西川先生再度約在南國咖啡館見面。

算起來，這將是第三次會面。

約定的時間早已過去了，可是卻始終沒有從玻璃門外看到那名奇異的男子。在等待的時間中，我靜靜啜飲著咖啡。

一週前，我與西川先生第二次見面，也是約在這間咖啡館。那時，西川先生一身雪白的西裝赴約，與我侃侃談論起發生在我家古宅的妖怪事件。

西川先生解破了謎題。

雖然我仍舊半信半疑，但是當我將西川先生的推理告訴祖母，並且向當事人查證之後，對方百口莫辯，即刻承認自己是犯人。

所以，為了履行與西川先生的約定，我將家族內代代流傳的佛盒，攜來了咖啡館，打算要贈與西川先生。

「這樣也好。阿泉啊，請跟西川先生道謝。咱家族的人，很感謝他的善意。」

「感謝……是嗎……」

當我硬著頭皮，向祖母說明西川先生的要求之後，本來以為會遭遇一番阻礙，沒有想到……一向頑固執拗的祖母，竟然一臉微笑，欣然應允。

我將佛盒放置在咖啡館的方桌上，凝視著用檜木打造的立方體盒子。木盒的表面呈現光滑紅潤的棕紅色原木色澤，雖然經過了一兩百年的歲月磨損，木盒表面有一些擦傷刮痕、黑色的汙漬，可是整體看起來還是很堅固耐用。

盒內藏放著當年使者大人遺留下來的物件，家族傳言，那是會帶來災厄的物件。如今，這個物件連同佛盒，即將離開我們家族。

或許，這麼一來……我們家族將可以擺脫被詛咒的命運。

這時，我才突然理解，祖母口中「感謝」的用意。

西川先生不只是替我們抓住了犯人的身影，我猜想，他也想要幫我們家族從「詛咒」之中解放出來。所以，西川先生才提出「收取佛盒與盒中物件」的請求。當有形的物件消失，也許纏繞在心中的「無形詛咒」也會有煙消雲散的機會吧。

我注視著桌上的白瓷杯，杯內的墨黑色咖啡反映著室內的燈光，呈現出晶瑩油黑的色調。我驀然回想起一週前，坐在咖啡桌對面的西川先生的眼神。

那眼神之中，同樣有著奇妙的光暈在閃爍……穿著雪白西裝的男子，開口第一句話便是：「像屍體一樣。」

「欸……又是屍體？」

每當西川先生開口，彷彿都抱持著語不驚人死不休的打算。

「你忘記了嗎？我昨天想要找尋河面上的狗屍。」

「原來如此……」

「那時候，你誤會我口中說的屍體是人類的屍骸。但其實，我指的是一隻小黃狗的屍體。」

「是的，您昨日也解釋過了。當時以為河中有人類的屍身，差點讓我嚇壞了啊！」

「這就是語詞的歧異性，同一個語詞，在不同的人聽來，可能就會有截然不同的涵義。因此，我們對於『屍體』這個字，就有了不同的想像。不過，就算語詞有歧異性，人們還是可以藉由語言來溝通，這是為什麼呢？那是因為，進行溝通的雙方，對於語詞都擁有相同的理解基礎，就像是……臺南運河。」

「欸，臺南運河？」

「當我昨日說，想要去臺南運河，你便順利地帶領我前往我想要去的臺南運河。」

「這有什麼問題呢？」

「昨日我們去的臺南運河，是在大正十五年[8]開通的新運河喔。相對於新運河，所以也有古運河。我曾聽史民兄說過，因為府城的古運河阻塞淤積，所以總督府才下令開築新的運河。目前的新運河，是位於古運河的南側。兩者同樣都是運河，不過，你卻毫無疑問地引領我前往新運河的位置，也是我想要抵達的地方，這代表我們兩人對於『臺南運河』有著相同的想像。」

「確實如此……」

我還記得運河開通的那一年，父親帶著年幼的我前去觀賞運河開通儀式，堤防邊有掌中戲的演出，也有藝妓的化妝遊行。在運河上，正進行著扒龍船比賽，歡聲雷動。在我的記憶裡，開通儀式的現場非常熱鬧，喜氣洋洋。所以，每當提起臺南運河，我自然而然就會想起這座新運河，而遺忘了舊運河的存在。

「我們對於運河的解讀相同，是一種幸運，才能讓我們同時抵達我們都想要前往的彼岸。但人跟人溝通之間，有時候還是會出現一些想像的落差，就如同我們對於『屍體』這個

8 大正十五年：西元一九二六年。

詞彙的不同解讀。語言，是無形體的存在，會產生諸多不同的解讀方式。同樣的，如果是有形的物體，若人們對這個物體有不同的想像與理解基礎，當然也會產生歧異性，有了不同解讀的空間。就像是你們家族代代流傳的佛盒，對你們而言是禁忌的象徵，可是對於一個不理解你們家族歷史的外人看來，就會是一個普通的小盒子罷了。」

「那麼，解讀的歧異性，又與我們家妖怪現身的事件，有什麼關聯呢？」

「杏子小姐說，她是被天狗給迷惑了。其實，杏子小姐目睹的黑影，是一位有翅膀的黑臉怪人，才會做出了『天狗』這樣的解讀，這是杏子小姐個人對於這個怪人的想像，她根據自己的經驗和知識，對那個黑影做出了『天狗』的解釋。」

「不過，為什麼表妹會認為那是天狗呢？」

「這是因為你的緣故。」

「咦？因為……我？」

「我聽史民兄說，他前陣子送給你許多書，包括芥川的《河童》以及柳田國男的一些民俗書，是嗎？」

「沒錯，那些都是很有趣的書籍，我還記得跟表妹聊了起來……啊，對了，我當時跟她講了很多關於河童還有日本妖怪的事情，當然也包括……天狗。因為在柳田先生的書中，寫了很多關於天狗的紀錄，所以我也向表妹說明了天狗可能擁有的各種形象。」

「果然是這樣。當史民兄跟我說，他送了你這些書的時候，我就在猜想，你可能會將這些書中的故事，告知杏子小姐。老實說，這些書都是我幫史民兄從內地訂購寄來。畢竟我在臺北經營書房，所以史民兄常常託我從內地購書。因此，我也明瞭，這批書中寫了很多關於天狗的傳奇故事。這批書，甚至還包含了柳田國男的《遠野物語》，這本書是在二十多年前出版，當初只印行了三百多本，現在已經是很難入手的珍本喔！我有幸從舊書店的友人那裡，花費重金才購入兩本，一本自己收藏，一本則轉贈給愛好文藝的史民兄，沒想到他竟然再轉送給你，真是緣分吶。這本書非常珍貴喔，你得要好好保存，別辜負史民兄一番好意。」

「原來是這樣！」我恍然大悟。

的確，吳老師贈送的書籍，便有這本《遠野物語》，裡面也有天狗的紀錄。雖然書中只提到天狗具備紅臉、羽翼的特徵，但是為了讓杏子更了解天狗的奇妙型態，我還多加介紹天狗可能擁有漆黑身軀的外貌，也可能有鳥嘴，或者手中會拿著大扇子……等等細節。看來，杏子之所以將黑影誤認為天狗，是因為記起了我描述過的天狗外貌。

杏子將黑影的存在東拼西湊，想像成恐怖的天狗現身。

西川先生點點頭，繼續說道：「否則，身處府城的杏子小姐，怎麼會在第一眼見到黑影怪人時，就脫口說出那是天狗呢？可見最近一定有人向她提及日本天狗的故事，才在她的潛意識中埋下了天狗形象的種子。」

「原來是我讓表妹誤會了啊……」

「呵呵，嚴格說起來，我也該負責啊。因為是我從內地訂書，將天狗從日本引渡到這座島上。但就算如此，在故事傳遞的過程中，還是出現了一些誤差，雖然你說明了各種天狗的形象，但是杏子小姐可能只對零星幾項特徵有深刻印象。結果，當她目睹黑影，才會只以黑臉、翅膀這兩種特徵，就直接判斷她眼前看到的怪人是天狗，也就是烏天狗的形象，而沒有採用日本最通行的長鼻子天狗形象來做判斷。所以如果……讓我們先忽視『天狗』，剔除杏子小姐對於那個黑影的個人主觀解讀，會發生什麼事情呢？」

「表妹目睹的黑影……是一名有翅膀的黑臉怪人。」

「沒錯，如此解讀的話，事情就很容易了。因為最簡單的解釋便是，有人在裝神弄鬼！有人化裝成有翅膀的黑臉怪人，想要嚇唬杏子小姐。你與表妹，同樣都困在『天狗』這樣的想像裡出不來，所以才無法釐清事件。天狗，只存在於你與表妹的心中，可是對於其他人——尤其是犯人——而言，可能根本不清楚你們所謂有翅膀的黑臉天狗，究竟是什麼模樣。」

聆聽西川先生侃侃而言，我彷彿茅塞頓開。

阻擋在我眼前的天狗，彷彿被西川先生雙手緊緊抓住，然後往外甩開。恐怖的妖怪黑影，頓時煙消雲散。

我深深呼吸了一口氣，才繼續開口說話。

「西川先生，為什麼犯人要大費周章化裝成怪人，去驚嚇表妹？」

「沒錯，這才是這整樁事件最匪夷所思的問題意識。只要解答這個疑問，事件就會迎刃而解。至於這個問題，其實只要結合你們家族的傳說，便能夠知道答案。」

「傳說……也就是使者大人的傳說？」

「沒錯，其實那名犯人企圖扮裝成使者大人的模樣。」

「可是，沒有人知道使者大人是什麼模樣啊，畢竟是那麼久遠的事情了……單憑翅膀與黑臉的特徵，實在無法聯想到那是使者大人的形貌。」

「這只是杏子小姐，以及你……不知道而已。但其實，在許多府城人的心中，對於使者大人都有同樣的想像。」

「同樣的……想像？」

「使者大人，也就是『池大人』，在府城人的心中，等同於王爺的化身，也具備瘟神的身分。你還記得我問你，知不知道哪些廟宇祭拜池大人？而你則說不清楚。現在這個時代，像你這樣不懂得地方廟宇情形的年輕人應該很多，而比你更年輕的杏子小姐，想必更加不清楚『池大人』的在地信仰。自從文正公逝後，府城人士緬懷文正公的政績，所以立廟祭祀他，並且也將『池大人』視為王爺信仰中的『池府王爺』，能為百姓逐疫除瘟，是擁有神力的瘟神。而且這樣的信仰，也與你們家族對『池大人』敬畏恐懼的心態不同，因為府城百姓大多將『池大人』視為善神，而你們家族則視之為厄神。」

「使者大人是……王爺？善神？」

「本島民俗傳說，王爺信仰有很多複雜的解釋，最有名的王爺，則是朱、李、池三位王爺。在府城東門町一丁目的東門大人廟，便供奉著這三位神祇。昨日與你分別之後，我就是前往東門大人廟參訪。我也在廟中，拜見了問題的解答。」

「究竟是什麼解答？」

「朱、李、池王爺，三尊不同的神像，各自擁有不同的面貌。朱王爺是紅臉神像，李王爺則是白臉，而池王爺的神像則是……墨黑之臉。那麼，池王爺為何會是黑臉呢？我詢問管理香火的廟公得知，池王爺在世時是一名官員，得知瘟神將到他的管轄地散布瘟疫，在井水下毒，所以他便捨身取義，搶過毒粉一口吞下。因此，池王爺的神像面容，才會是黑臉、雙眼翻白的模樣。」

「啊，所以……犯人才會化裝成黑臉的形象。」

「我猜想，可能是戴上黑色面具之類的道具假扮。」

「難道，池王爺的神像有長翅膀嗎？所以犯人也企圖裝上假翅膀？」

「呵，那也是誤會。」

「咦？」

「據我所知，本島宗教信仰裡，很少出現有翅膀的神像。就算是風神廟裡的雷公像，有著老鷹的嘴喙，可是也沒有翅膀。而池府王爺的神像，當然也沒有翅膀。」

「可是……」

「所以，那並不是翅膀，而是插在背後的某種器物。從後門進入屋中的杏子小姐，還沒有機會點燈，所以只能看到室內的黑影。在漆黑的環境中，那種器物就被誤認為翅膀了，因為杏子小姐已經在無意識之間，認定對方是恐怖的天狗，所以自然而然就認為怪人背後延伸出去的影子，就是翅膀的影子。你能想像到，插在犯人身後的器物是什麼嗎？」

「如果犯人的目的是假扮使者大人，假扮瘟神，那麼該不會……是令旗？」

「沒錯，就是令旗。臺灣廟宇裡如果神明出巡，神明最常見的裝扮，便是在背後插上四面令旗吧。可能犯人覺得，只戴上黑臉面具，不會有太大的說服力，所以又在背後插置令旗，想要讓目睹者更相信是池王爺顯靈。」

「這真是……太荒唐了！怎麼可能會有人相信呢？」

「哎哎，先不要急著下評論呀。對你而言，這種裝扮一點說服力也沒有，是非常荒唐離奇之事。但是也許在犯人心中，這反而是非常合理的假扮，所以才會大膽進行這個計畫。」

「可是，最後表妹並沒有誤認那是使者大人的化身。所以，犯人仍舊是失敗了。」

「但，也能往另外的方向去思考。犯人可能一開始就沒有打算讓杏子小姐認為那是使者大人的化身。犯人只希望杏子小姐按照她目睹的畫面如實說出，讓令祖母從黑臉、令旗的特徵，聯想到這是使者大人顯靈，就足夠了。甚至，另一種可能性，犯人其實沒有想那麼多，只是想要扮演出黑臉神祇的模樣就好。這是因為臺灣廟宇祭拜的神尊經常一神多相，也經常有黑面神像，例如黑面媽祖就傳說嫉惡如仇，負責擒拿妖魔。總之，犯人也很可能只是要扮演『神』的模樣，再讓令祖母聯想到家族代代忌諱的恐怖災神。」

「所以……犯人的目標，是祖母？」

「正是如此。」

「可是表妹卻誤認那是天狗，讓犯人無法達成目的。當表妹說出是被天狗迷惑之時，祖母也沒有將這件事當一回事，反而是隔天才開始嚴肅看待此事，並且認為是使者大人的詛咒應驗……」

「所以我猜想，在杏子小姐受傷送醫之後、隔天令祖母改變態度之前，這間隔的時間，犯人可能在令祖母的身邊，使用一些暗示性的話語，重新描述杏子小姐遭遇怪人的過程，讓令祖母由黑臉、翅膀的形象，聯想起家中出現的怪人，可能是使者大人的化身。而這個企圖誤導令祖母的人，就是犯人。」

「真是太可惡了！究竟是誰在誤導祖母？」

「這一方面，可能要經過調查，才會知道是誰在令祖母身邊耳語吧。不過……就算不知道是誰在誤導，也能夠推測出來。根據我剛才所說，只有知曉使者大人是池府王爺的人，才有可能進行這個計畫。這件事發生在你們家的古宅裡，所以合理推測當時在家的人都是嫌疑犯。杏子小姐可以從嫌疑名單刪除，因為杏子小姐沒有理由說謊。」

「我也是嫌疑犯嗎？」

「這是當然，也許是你在故布疑陣。不過既然你都循線找上我，這麼大費周章想要解謎，也應該不會是犯人才對。況且，你不清楚府城的王爺信仰，所以你也可以從嫌疑名單消除。至於小你一歲的堂弟，應該也跟你一樣，對於在地的神明信仰很不熟吧？」

「我想……應該沒錯。」

「所以，嫌疑犯又可以刪除一個人。而令祖母既然是犯人的目標，所以也可以刪除令祖母自導自演的嫌疑。剩下的嫌疑犯，便是你家中的長輩，知曉王爺信仰的年長之人。」

「也就是父親、叔叔、還有姑姑？」

「沒錯。既然嫌疑犯只剩下這些人，事情就簡單多了。還記得我曾經問過你，『聽香』是什麼吧？」

「西川先生說，這是在中秋夜會舉行的特殊儀式，不過我還是不知道這是什麼樣的儀式。」

「所謂的『聽香』，是一種在中秋夜晚舉行的占卜儀式，能夠測知未來。中秋之夜，可以在神前燒香祈禱，說明想要知道未來的運勢如何，然後依循香炷飄飛的煙霧方向走出屋外，若能偷聽到路人說話的內容，路人的言詞就可以用來預測自己的未來。這就是『聽香』的占卜儀式。」

「原來如此，可是『聽香』又跟這樁事件有何關係？」

「你覺得，為什麼那一晚杏子小姐要偷偷摸摸地從後門出去，並且要從後門回到屋內呢？」

「難道……」

「在那一個中秋夜，杏子小姐正在舉行『聽香』。這種占卜儀式，只在本島的未婚女性之間流傳，也只有女子才懂得舉行這樣的奇異儀式。你身為男性，也難怪不清楚。」

「原來是這樣，所以當表妹要回到屋內的時候，恰巧就在後門遇到了假扮怪人的犯人。」

「真的是『恰巧』嗎？你想想，戴上黑色面具，背後插著令旗，這樣招搖大膽的裝扮，如果隨便在屋內走動的話，肯定會讓人立刻察覺吧？既然犯人是要透過杏子小姐的轉述，來達成誘騙令祖母相信使者大人現身的目標。所以，犯人一開始就確立計畫，一定要讓杏子小姐目睹犯人的怪異裝扮。所以，犯人就是知道杏子小姐會在那一個晚上，從後門離開，並且從後門返回的人。也就是說，犯人可能是一名女子。雖然也不能排除，是知曉『聽香』儀式的男性在作怪，可是相較於男性的嫌疑，女子作為犯人的嫌疑性又更高。所以我大膽假設，犯人可能是一名女性。」

「所以犯人可能就是……姑姑！」

「沒錯，這就是我的推理。更有可能，是你姑姑慫恿杏子小姐在那一晚進行『聽香』的儀式，這樣的話，你姑姑又更加容易掌握杏子小姐的行蹤，可以在最恰當的時機點，從門後跳出來，讓杏子小姐目睹怪人現身。」

「竟然是這樣……」

「雖然我沒有任何實際的證據，可以指稱犯人就是你的姑姑。可是我想，只要你將我的推論告訴令祖母，令祖母應該會冷靜下來，也會公平地進行調查，找尋到該為這件事情負責的犯人，並且發現這樁事件，只不過是有人在背後裝神弄鬼。詛咒——並不存在。」

聽完西川先生的推理，儘管我半信半疑，可是我還是依照西川先生的建議，返家向祖母講述西川先生對於整件事情的推測。

果然，事件經過正如西川先生所言，在祖母的逼問下，姑姑吐實了。

姑姑為了讓計畫可以順利進行，也勸說表妹在那一晚進行「聽香」的儀式，所以她才可以在最佳的時機點，讓表妹看見門後她所假扮的怪人模樣。

西川先生唯一說錯的地方，則是犯人戴黑色面具的推理。

根據姑姑坦言，她並沒有戴黑色面具，只是將灶灰塗抹在臉龐而已。因為後門連接的地方是廚房，所以她可以用廚房內的水盆沖洗自己的臉龐，用最快的速度將灶灰洗掉，與眾人一同出外尋找驚聲尖叫的表妹。

唉……真不知道姑姑到底在想些什麼，不管是為了任何理由，都不應該用怪人的裝扮驚嚇自己的女兒。

姑姑做出這麼糟糕的事情，對得起杏子嗎？縱然，她與繼女之間並沒有血緣關係，可是還是不能做出這麼過分的事情。

我……實在無法理解姑姑。

整件事情，我都覺得無法理解，莫名其妙。

可是，我這時候又想到西川先生所言，人與人溝通，總會出現一些落差。我之所以無法徹底理解姑姑的迂迴做法，並且認為她很不理性、很瘋狂，是不是只因為我與姑姑之間，並不存在相同的想像基礎。

所以，不管她做了什麼樣的事情，在我的立場看來，都是荒唐而沒有道理的事情？

因為我們兩方站在不同的立場。

不過，如果是這樣的話，是不是說明人跟人之間，很難有相知相識的可能性呢？因為每個人都擁有各自不同的立場，擁有截然不同的觀點。

我的心情突然低落下來。

正當我胡思亂想之際，咖啡館的門扉喀啦開啟。

是西川先生。

他身穿我們第一天見面時的服裝，一身黑色洋服，頭戴一頂白色巴拿馬帽。

店內的藍衣女給替西川先生點餐完之後，便在櫃檯後偷偷瞥視著西川先生的背影。看起來英姿挺拔的西川先生，在女性觀點裡，似乎是一名充滿魅力的男子。

「久等了。咦，這就是傳說中的佛盒嗎？」

「沒錯，這就是我們家族代代流傳的佛盒。」

「真是稀奇，嗯嗯，這是檜木的材質……」，西川先生坐下之後，便仔細端詳起桌上的木盒，「我從史民兄那兒聽說，事情順利解決了，真是可喜可賀。不過你的姑姑，究竟為什麼要進行這個計畫呢？」

「聽姑姑說，她是為了獲得古宅的所有權。」

「理由真奇怪。」

「據說古宅的地段很好，如果將古宅再轉賣出去，可以賣出很不錯的價錢。雖然她表面上對於古宅是否售出，一直沒有表達意見。其實，姑姑想等風波比較平息之後，向祖母建議，與其將古宅賣給其他人，不如將古宅轉贈她的丈夫，她與她的丈夫願意承擔家族的重擔。因為祖母對於售出有問題的古屋這樣的行為，也有些不安，所以應該會接受姑姑的建議。只要將權狀拿到手，接下來只要神不知鬼不覺轉賣出去，就能獲得一筆可觀的金錢。聽說，姑丈經營的公司即將面臨倒閉，如果有這一筆錢財，就能夠平安度過難關。為了金錢，這就是姑姑的理由……我完全不能理解……」

在我說話的時間，西川先生忙碌地把玩起桌上的木盒，似乎根本沒有在聽我說話。

「這個木盒製作得很牢固呢，完全看不出來是兩百多年的古物。」

「西川先生，我能問您一個問題嗎？人跟人之間，真的能夠擁有相知的可能性嗎？照您所說，人與人的溝通，要能夠順利進行，就必須要仰賴各自擁有相同的想像基礎。可是，每個人的立場都不同，如果要同時擁有相同的理解基礎，是一件很困難的事情……我覺得，很困惑。」

「嗯嗯，天泉君……我這樣稱呼你，可以嗎？」

「當然可以。」

「我問你，你知道『聽香』這種儀式，通常女性會利用它來占卜什麼樣的事情呢？」

「我不太清楚。」

「一旦女子執行這種占卜儀式，最常詢問的問題，是關於戀愛的話題喔。」

「咦……」

「天泉君，放輕鬆一點，人與人之間的聯繫，並沒有你想像得那麼錯綜複雜。與其在溝通之前，就開始煩惱是不是雙方會有相知的基礎，反而礙手礙腳，先行限制了自己的想像空間。互相溝通的起點，並不是雙方都先認定彼此擁有相知的基礎才能開始，而是在互相的探問、磨合、分享意見時，才會慢慢尋找到彼此的共識。甚至是，一同發展出一個嶄新的想像基礎，只要願意打開……」

話說到一半，西川先生突然停下了手邊的動作，將木盒推到我的眼前。

「我可以打開這個木盒嗎？我想要見識使者大人遺留下來的物件，究竟是什麼模樣。」

「您……請便，因為這已經是屬於西川先生的物品了。」

「那麼，我就不客氣。」

西川先生微笑著臉，低下頭，將木盒輕輕打開。

族內所有人都知曉佛盒中的物件是什麼，不過我從來沒有親眼見識過佛盒裡面的物件。平常佛盒都保管在神明廳的佛龕內，平日難得一觀。所以，我也好奇地湊上前，想要親眼看看使者大人留下來的物品。

佛盒的盒蓋打開之後，盒中出現了包裹物品的一塊老舊紅布，西川先生小心翼翼捏住紅布邊緣，將紅布攤開。

有一把古老的鑰匙，用青銅打造的一把鑰匙，在紅布上閃閃發亮。

庭院深深

楊双子

紅布上閃閃發亮的青銅古鑰，在蘭英下一個眨眼的瞬間就爆炸了。名符其實的爆炸。

前一刻還有滿月照映鑰匙，青銅金屬反射晶瑩流光，下一刻卻像是青銅古鑰裡頭有火藥引爆，金屬碎屑伴隨巨響向外噴發，周遭的幾人全掩著頭臉倒在地上。

屋內的人並不多，率先發出呻吟聲響的是怡園主人東碧舍。在東碧舍身側的一邊是這家裡的西席石鵬先生，一邊是這家的千金燕生小姐。

「啊啊，啊啊……」東碧舍發出宛如垂死病中的微弱呼喊，要辨清字詞才知道喊的是「了庵，了庵……」。

了庵是石鵬先生的字。

東碧舍呼喊摯友。從那喉嚨裡擠出的乾扁嗓音，以及隨後喉頭滾動不住湧現的咯咯聲，聽起來是緊緊的長長的奇怪笑聲。

由於深知那青銅古鑰對東碧舍的意義，蘭英曉得那不是笑聲，是內心愴痛的哀鳴。可是，那又怎麼樣呢？

蘭英安靜看著那同樣俯倒在地的少女燕生。

柔軟的酒紅色西洋長毛地毯上，少女身軀頓了一頓，半晌後果斷仰起臉來，目光分毫不差地望進蘭英眼底。

燕生的眼神變幻，震驚，慌亂，質疑，最深切的卻是迷惘，令人不需要言語也能理解她的困惑。

——是妳做的？為什麼要這麼做？

想必是這樣的問題吧。

為此蘭英微笑起來，而且篤信燕生理解她笑裡傳遞過去的信息。

——是我做的。我為妳而做。

「了庵！燕生！」

東碧舍陡然撕心裂肺地放聲大哭起來。

「天滅我吳家！滅我支那！」

慟哭聲裡蘭英仍然含笑凝望燕生，彷彿往昔每一個滿月深夜那樣，彷彿天地間只有兩個人了。

●

吳家有鬼。

蘭英做東碧舍的妾室以前，早聽說了這樁流言。

吳家是理應有鬼的。

每天蘭英走那條成列雕花鑄鐵欄杆的長拱橋，穿越清香浮動的荷花池，深入軒亭，踏遍燕尾屋脊底下沁涼的一層層一間間大紅厝，終至那綠蔭幽深的花園，便每天確認一回吳家裡當然有鬼。

吳錫泰開臺祖在國姓爺時代的府城臺南發跡，嫡庶血脈開枝散葉，到得吳鸞旂吳部爺建造起臺中州這座豪宅名園，吳家八代傳家，在臺島足足有兩百年了。

吳部爺鸞旂清國時代捐納貢生的那時，吳家已是舊東大墩首富，地方人稱為吳部爺，吳家的這座大紅厝便也稱作吳部爺公館。儘管是改朝換代的皇國時期，人們還這樣稱呼。

皇國時代市區改正，吳部爺公館占地可自櫻町、楠町直到花園町，落在花園町的公館末端便是那座終年綠蔭深深的吳家庭院。大正年間吳部爺亡故，東碧舍入主，重修庭院並起雅號名為怡園，公館一掃吳部爺那時的肅穆嚴整，更像一座花團錦簇的現代公園。

是這樣豪奢的人家哪。雙層門樓掩住吳家百年繁華，入門以前蘭英也無從想像裡頭的楊柳堆煙與簾幕重重。

——聽說過嗎？不聽話的使用人，會被推進井裡淹死的那個傳言。

——真好笑，那是市井裡的無稽之談。

——可不是嗎？吳家哪裡有不聽話的使用人！

那是多久以前的事情了？年輕的使用人之間的確有過這樣的耳語。

蘭英十六歲以嫺婢身分入吳家，就是那時的事情吧。那一年是大正十五年，年底天皇駕崩，攝政宮裕仁皇太子登基改元，又是昭和元年，對皇國子民來說是難忘的一年。

對蘭英來說也是難以忘懷的一年。

女子公學校卒業，捐棄高等女學校的入學資格，少女蘭英褪下學生制服，穿上吳家嫺婢的大襟衫，很快在那幽綠的花園，在那火紅的大厝受到東碧舍的青睞，落作他怡園奼紫嫣紅裡的一朵嬌花。

其實蘭英是受抬舉了。

東碧舍初初以雙臂摟住她纖細僵直的腰枝那時，以蓄著短髭的嘴巴啃咬她光裸顫抖的小臂那時，蘭英是許多嫺婢裡的一個，無數嬌嫩花朵裡的一個。那庭院裡還有比蘭英更加新鮮馥郁的嬌花，春光迷眼，朵朵芬芳動人。

只是東碧舍一次忘情，嘴唇貼著她的耳根囁嚅說：「家裡有鬼……我說這家裡有鬼，妳相信不相信？那鬼就是吳部爺，是我爹……妳相信不相信？」蘭英慢吞吞回過身子把東碧舍汗濕的頭臉抱在懷裡，發出甜美的聲音：「我相信，我相信……」埋首在她胸脯裡的東碧舍竟然眼淚奪眶而出。

那之後，蘭英讓東碧舍抬成了妾室。

她是受了抬舉的。

蘭英年歲漸長，東碧舍不改寵愛，終至她能在千金小姐燕生的書房裡伴讀漢詩和法蘭西文學。使用人之間因而總說，東碧舍雙手掌珠，一個是嫡親的獨生女燕生，一個是年輕的妾室蘭英。又說蘭英僅僅稍長燕生幾年，東碧舍視作女兒愛憐有加，不失為一樁佳話呀。

每天蘭英進庭院剪花，預備送到燕生的書房案上，由衷微笑如同由衷心想這吳家當然有鬼。

「是不是該換一壺茶了？」

蘭英這麼說，俯案寫字的燕生宛如甦醒似的把臉抬起來。

那張鵝蛋臉上有挺直的鼻梁，深刻的雙眼皮，兩彎上挑的眉毛看起來有冷淡驕傲的少年神氣。唯獨那雙眼睛，甦醒未醒之際像個童稚的孩子。

可是甦醒未醒僅只須臾，燕生一說話便流露超齡的沉著：

「哦，那就換一壺吧。」
「知道您會這麼說，已經讓人端來了。」
「這樣啊……」
瞥見跟隨蘭英進書房的年幼嫺婢正端著冷茶向外走，燕生從鼻子裡發出小小的笑聲，像是數算幼嫺走遠了才又開口。
「蘭姨娘總是這樣體貼入微呢。」
「您這是在譏刺妾身嗎？小姐。」
「四周無人，不必裝出無辜的模樣。」
燕生隨手擲筆入筆洗。
筆洗水珠外濺，飛落案上剛剪來的三月春花，點滴暈濕半截練字紙。水糊了的幾行字是「故君子不可以不修身。思修身，不可以不事親。思事親，不可以不知人。思知人，不可以不知天」。
蘭英微笑起來，伶俐收拾汙損的字稿，復在書案鋪上新紙。
「石鵬先生開的功課，這是練字，還是讀書呢？」
「行了，特地支開使用人，今天又想做什麼？」

「何必說得這樣惡毒，妾身不過想為小姐磨墨鋪紙罷了。」

「……哼，情同姊妹那一套說詞，虛名實禍呵。」

燕生嗤之以鼻，眼眉間的倨傲與那張橢圓臉蛋不甚相襯。

可那是多麼令人著迷的神情哪。

蘭英簡直無法從燕生的臉蛋上移開目光。

兩百年的吳家，現任當家老爺東碧舍年過三十才得一女，元配夫人如同其閨名綠蘋，庭院裡兀自濃綠，任憑東碧舍取次裡外花叢，竟然依舊再無所出，舊東大墩嫡系第十代便只有燕生了。

儘管東碧舍抱養螟蛉子，最終看重的還是血親的獨生女，乃至於自吹自擂寫出「掌珠女勝兒豚犬，不愧延陵舊世家」這種漢詩句。可是燕生確實與眾不同，才讓東碧舍執意扶持這年少的獨生女做吳家的來日棟梁。

燕生是這樣受到吳家珍視倚重的克紹女。少女的柔美，少年的得意，全在一個人身上了似的。人前她有禮溫煦，深埋骨髓的傲氣便無人得以窺見。

正因為如此，蘭英才著迷燕生這罕見的神情。

「說是虛名實禍未免太冷酷了，即使是夫人，也是樂見妾身與您相處融洽的呀！」

「不要提我母親。」
「不提夫人，老爺也是的嘛。」
「我吳家上下，可笑沒有一個認清妳的！」
燕生聲音冷峻，連敬稱都省略。
蘭英抿了抿嘴唇，說話時聲音都是含笑的：
「偏偏就只讓小姐您一個人認清了呢。」
「是何等的冤業。」
蘭英沒回應這話，慢悠悠執起墨條，在老硯臺上滴水研磨，直到水生濃香，墨色漸深。
「比起胭脂香的，果然小姐更適合松煙老墨呢。」
「蘭姨娘話這麼多，比起書房，更適合那花園吧。」
「妾身一片赤誠之心，小姐坦率接納不很好嗎？」
蘭英笑語朗朗，「鋪紙磨墨，剪花送茶，讀書寫字，妾身都能為小姐做的，不很好嗎？」
「盡是些瑣碎小事。」
「哪怕天大的難事，只要小姐說出口，妾身也都能做。」

燕生身形頓了頓，發出淡淡的澀澀的笑聲。

——吳家只有燕生了。

床笫間東碧舍常是這樣對蘭英說的。

——抱養來的孩子不行，終究是嫡親女兒才辦得到。

——老爺這話的意思，妾身不明白。

——燕生哪，只有那孩子看得見這家裡的鬼。

這是科學的、強盛的帝國昭和時代啊！

蘭英總要忍耐不在東碧舍眼前失笑出聲。

這個古老的吳家，有鬼的吳家喲。委身吳家的那一刻起，蘭英便走不開了。燕生卻是自降生的那一刻開始的哪。

蘭英入門四年以來早已聽熟爛了的，燕生出世成長於支那北平那幾年，東碧舍給臺島吳部爺公館寄回小燕生的寫真照片，素來穿著海軍服，梳著俊俏髮式，一副童真少年的模樣，是果真把這孩子當作男子扶養，許了她吳家公館名園與百年家業的。

年歲及長，燕生擇漢衫與旗袍包裹少女身軀，那臉龐眉宇仍然像個少年。

也不只那神情像個少年。

十六歲蘭英入吳家，如今的燕生也十六歲。彼時的嫺婢蘭英瓜熟蒂落脫胎成一個女人，尊貴的吳家千金卻初潮未至，只有胸脯微突，連腰身都不明顯。

「天大的難事呵……」

燕生嘆息似的吐出話語，信手再取一支鼠鬚，蘸墨後落筆，續寫剛才默到半途的經書文章。

天下之達道——

蘭英一把抽去那支鼠鬚毛筆，擲在旁邊。

燕生投以怒目，蘭英卻握住了燕生那千金小姐的柔軟手掌，且將那纖手握到自己刺繡鑲綴的盤扣襟口。

蘭英引著那手解開盤扣，一寸寸，再一寸寸地往開襟裡頭導引進去。

柔軟的肌膚觸到更柔軟的肌膚。

燕生像是燙著了一樣把手抽回去。

蘭英笑起來，醉心地看著燕生鐵青色的臉，以及那雙圓睜著的宛如吳家幽綠庭院的深邃眼睛。

「等小姐初潮過後，妾身再教您怎麼懂事，不很好嗎？」

●

吳家自始便有鬼。

開臺祖錫泰爺某日路遇水流無名女屍，心生憐憫而以僅有餘錢協力埋葬，當夜鬼魂竟然入夢，表明願意襄助錫泰爺致富發跡，日後果然成真。

那是兩百年前的事情了。

蘭英聽熟爛了的故事，也不只這一樁兩樁。

東碧舍大名吳子瑜，又名東碧，以豪奢成性的闊綽作風知名，聲名遠播臺島南北，便人人呼為東碧舍。皇國領臺之初，吳部爺令未及弱冠的長子東碧避至支那北京，縱使及長的青年東碧得以時常往返二地，終究父子海峽相隔，不曾識得彼此真心與面目。

反倒吳部爺身故以後，父子鎮日相處，再沒有更密切的時候了。

當然，那是說吳部爺的鬼魂。

大正十一年，東碧舍身在支那，彼時北平還叫作北京。天朗氣清的好時光，北京吳家書房裡那座紅木博古架有小小的輕響，東碧舍抬眼去看，和煦日照底下站著理應身在臺島的父親吳部爺，好看的仁丹鬍鬚跟隨笑容向上彎起。過不多時，一封至急電報送到東碧舍手上，只幾個字，吳部爺辭世。

那時吳部爺的鬼魂與東碧舍是一同讀的電報。往後無數年，吳部爺可不僅只跟著東碧舍讀電報。穿衣洗漱，吃飯喝酒，辦公交通，東碧舍所在，也是吳部爺所在。

蘭英在床笫間聽東碧舍講了一遍遍、問了一遍遍的妳相信不相信，也一遍遍摟著東碧舍的頭臉在懷，輕聲說我相信、我相信……

吳家當家看得見鬼。

必須看得見鬼。

百年來的事情蘭英當真無從聽說了，東碧舍能夠回溯的只到東碧舍的祖母、吳部爺的母親老太夫人。

老太夫人林圭出身阿罩霧林家，老太爺吳懋建為林家麾下十八大老之一，跟隨林家第五代當家下厝林文察奉檄赴閩浙平定太平天國戰事，日後再戰臺島的戴萬生起事，數度沙場進出。那是清國同治年間，彼時的少婦圭老太夫人夜夜長跪，祈願天地神靈守護吳家百年基業。同治三年，懋建老太爺西渡漳州欲平匪亂，戰間因積勞病故，得年僅三十六。想必神靈有知，懋建老太爺去而復返，運籌帷幄彷彿身在人世，鬼魂長留吳家二十年，直到圭老太夫人大去。

圭老太夫人同樣不曾因為生死兩隔早早遠走。

吳部爺有圭老太夫人鬼魂相伴的日子，先後足有三十五年。吳部爺辭世，便是吳部爺的鬼魂歸來。

吳家當家必須看得見鬼。

吳家有鬼作祟，方能日益興盛。自清國到皇國，吳家不僅保全身家，家業連年倍增，根基強壯抵得住東碧舍逸樂度日，浪擲千金。

什麼樣令人發噱的情狀啊。東碧舍畢竟不是肅正的吳部爺，不是凜然的圭老太夫人，受不了親長鬼魂貼身相隨，索性越發地荒唐放肆起來。

「唯獨與女人廝混狎玩，我爹不願近身，多好……」

東碧舍說這話的時候，臉龐還埋在蘭英的臀股之間，而蘭英凝望眠床上方的朱漆木架，跟隨滿月光華細細勾勒那裡的藻麗描金雕花。

吳家有鬼。

鬼魂是吳家的恩惠，也是吳家的詛咒。

領受權柄的當家，實是一族的犧牲之人，以個人肉身換取家族富貴。

吳部爺氣血逐年衰竭，萬貫家資養不好強健底蘊，漸顯油盡燈枯之勢，火焰陡然熄滅一般棄世而去。到了東碧舍則情勢加劇，當家入主起便長年有無名病痛纏身，成群妻妾的肚腹無一所出。

東碧舍膝下僅有嫡親獨女燕生，唯恐家業傳代之後燕生體弱不堪負荷，未及誕下繼承血脈的吳家後嗣，毀棄了兩百年吳家根基，便早早來回來去地揀選起合宜的婚配對象。

「不過尋個女婿，竟然難於上青天……。」

月光裡東碧舍翻過身子，喉嚨裡滾出乾扁的長長嘆息。

蘭英靠過去，以巾帕細膩擦拭東碧舍短髭上的光亮濡濕。

「小姐還是個孩子呢。」

「二八年華，正是婚嫁的時候……。倘若天命許可，連吳部爺都想多留燕生幾年，何況做爹的，只是這副軀殼，我難有把握了。」

「老爺不要總說這樣的話，整個吳家全倚仗您一個人呀。」

「豈止我吳家，我臺島，我泱泱支那——可恨這軀殼無法任憑驅馳！」

東碧舍臉龐在月影裡更顯削瘦，嗓音卻鏗鏘，如刀鐵碎玉。

「那些眼底只有財貨的俗物，一個都別想繼承我吳家，他們哪個知道當家的重擔？哪一個都不知道！」

東碧舍講到這件事往往憤慨。

吳部爺驟逝，手書遺囑指定久居支那的東碧舍承嗣，返回臺島的東碧舍卻遭遇嫡庶手足競相爭產。這是東碧舍的心結。尤其纏綿病榻之際，東碧舍常在病苦裡灑淚說，那些俗物蠢蠢哪個知道當家痛楚，恰正是這副軀殼換來尊貴榮耀的吳家啊，恰正是這副軀殼換來的功業啊⋯⋯。

「這世間，不是有替死之說嗎？『樓頭一擲成佳話，博得蛾眉死報恩』⋯⋯要是蘭英能夠為老爺替死，可就圓滿這詩句了。」

東碧舍聞言發笑。

「替死之說，不過迷信而已。」

「老爺，替死這事情呀，是心誠則靈的。」

「好，妳說得不錯，傻蘭英，真傻——妳當真想為我替死嗎？」

「千山萬水，吳家是蘭英的棲身之所哪。」

「好，說得好⋯⋯」

恩惠與詛咒，是吳家的雙面之刃。
偶爾蘭英心想，對她來說也是這樣悖反的宿命嗎？
滿月的光華照映眠床上方的描金雕花。
蘭英房裡的是石榴花樣，燕生房裡的是牡丹花樣。
「女婿的人選，老爺一心全放在支那了，您心裡怎麼想的？說來是不是舊年老爺曾經提過的，將您的婚事託給了支那的那位江先生……」
「妳，話太多了。」
「小姐，您這是生氣了？」
蘭英微笑說，看見燕生粗魯地往眠床內側翻過身子。
「老爺病著，妾身今天是乾淨的呢。」
「沒問妳乾淨不乾淨。」
「您呀，對待妾身未免太冷酷了。」
蘭英隔著錦繡被褥撫摸燕生的肩膀。
「東大墩的吳家，阿罩霧的林家，臺中州兩大家族的光環，都將要加到小姐身上了，不世出的天才女詩人啊，小姐可要步步走遠了哪。往後您的眼裡還看得見妾身嗎？」

「講完了，就閉嘴。」

「『曾傳化女入桑林，吐盡柔絲到夜深。欲濟入寒偏作繭，縱教自縛也甘心』……呵，這首〈春蠶〉是小姐的嶄露頭角之作呢，何等柔情萬千的七絕。人人都說，吳家女公子的言下之意，可不是要與祖國生死相依了嗎？」

被褥安靜滑落，蘭英盈握燕生那少女圓潤的肩膀，感覺衣衫底下的體溫滲透出來。

「可是，這不是小姐的心聲吧？」

少女的肩膀顫動了一顫。

「用〈女化蠶〉的典故，是妾身跟小姐一起讀的《搜神記》嘛。打自出世那一刻化身蠶女，注定為這百年的吳家，以及吳家心繫的祖國大業吐盡柔絲，是小姐的命運呢。可是，您其實並不甘心——」

「閉嘴！」

燕生霍然起身，月光底下那雙眼睛有怒火燒得閃亮晶瑩。

蘭英一把將她摟進懷裡，連同那雙燃亮了的眼睛都收納在懷裡。

「把手放開！」

「小姐若是不情願，便儘管掙脫吧！」

「……。」

「小姐，我的燕生小姐。」

蘭英笑聲如嘆息，含蜜般又甜又稠，「您要是吳家的蠶女，我就是您的那匹牡馬。這樣，不很好嗎？」

「……滿口謊言的女人，我不信妳。」

「不信就不信吧。」

眠床窸窣有聲，蘭英連懷裡摟著的燕生一同皺亂了那床錦繡被褥。

被褥精細，連繡紋都滑手。

燕生的薄衫遠比繡紋絲滑。

那肌膚，復更絲滑。

纖細的頸項，肩窩，尚未顯著凹凸的身軀，蘭英溫柔摸索，手指輕緩前行一寸寸，再一寸寸，彷彿春風撫過花朵。

「小姐的初潮都乾淨了，是不是？」

蘭英聲音柔軟也彷彿春風一樣。

「『魏襄王十三年，有女子化為丈夫，與妻生子』……要是可以選擇，比起〈女化蠶〉，小姐果然喜歡〈女子化為丈夫〉更多一些的，是不是？可是妾身沒有辦法嫁您為妻，寧願做那被剝了皮的牡馬呢……」

「閉嘴……。」

「都聽您的。」

蘭英微笑應允。

春風浪動繁花林梢，有細碎的溫柔的聲響如水波盪漾。是夜月光沁潤，蘭英身下的燕生抿直了嘴唇身軀輕顫，眼淚泉湧。

●

——《搜神記》，卷十四，〈女化蠶〉篇。

舊說太古之時，有大人遠征，家無餘人，唯有一女。牡馬一匹，女親養之。窮居幽處，思念其父，乃戲馬曰：「爾能為我迎得父還，吾將嫁汝。」馬既承此言，乃絕韁而去。徑至父所。父見馬驚喜，因取而乘之。馬望所自來，悲鳴不已。父曰：「此馬無事如此，我家得無有故乎！」亟乘以歸。

為畜生有非常之情，故厚加芻養。馬不肯食。每見女出入，輒喜怒奮擊，如此非一。父怪之，密以問女，女具以告父，必為是故。父曰：「勿言，恐辱家門。且莫出入。」於是伏弩射殺之，暴皮於庭。

父行，女與鄰女於皮所戲，以足蹙之曰：「汝是畜生，而欲取人為婦耶！招此屠剝，如何自苦！」言未及竟，馬皮蹶然而起，卷女以行。鄰女忙怕，不敢救之。走告其父。父還求索，已出失之。後經數日，得於大樹枝間，女及馬皮，盡化為蠶，而績於樹上。其繭綸理厚大，異於常蠶。鄰婦取而養之，其收數倍。因名其樹曰桑。桑者，喪也。由斯百姓競種之，今世所養是也。言桑蠶者，是古蠶之餘類也。

案〈天官〉，辰為馬星。《蠶書》曰：「月當大火，則浴其種。」是蠶與馬同氣也。《周禮》校人職掌「禁原蠶者」，注云：「物莫能兩大，禁原蠶者，為其傷馬也。」漢禮，皇后親採桑，祀蠶神，曰：「菀窳婦人，寓氏公主。」公主者，女之尊稱也。菀窳婦人，先蠶者也。故今世或謂蠶為女兒者，是古之遺言也。

現今乃皇國昭和之世，不是太古之時，不是魏襄王十三年。蘭英必須忍耐不致失笑的，不僅是吳家鬼魂之說，還有吳家歷來自許肩負著支那興亡的功業重擔。

即便拋卻文明世界，將目光調回舊慣年代，由衷相信吳家有鬼，有女子化作丈夫，有女化蠶吧，然而意欲以一人之肉身，維繫一族之利祿，以一族之勢力挽一國之狂瀾，不也是令人不由得捧腹的夸夸其談嗎？

可是啊，蘭英心想，她心底浪濤般的熱切瘋狂，卻又是那樣雷同吳家自負的詛咒，沒有任何世間道理可言。

大正十五年，十六歲的蘭英真正初見十二歲的燕生。

那是驟雨過後的夏夜，圓月西斜，滿地水光剔透發亮。

蘭英放輕了腳步折回嫺婢通鋪的中途，遇見站在小院裡的燕生。

她當然認得吳家千金，也聽過了無數傳言故事的，一見便知小院裡的是那童年女扮男裝、預備克紹箕裘、得意少年一樣的吳家千金。

可是千百年來同樣沁潤的月光，照映那少女的臉蛋蒼白憂鬱，眼睛閃亮晶瑩，霎時天地間所有聲音都消失了。

就是那一眼。

忽然間蘭英完全看透那雙眼睛。迷惘於自身降世的來由，掙扎於無從脫逃的宿命，月光下那雙眼睛發出窒息無聲的呼喊。就是那一眼，蘭英胸坎裡面的漆黑空洞有什麼點燃起來，起先星火閃爍，終於燒成一團不滅的炎陽。

那一眼開始，燕生就是她的救贖。

彰邑的張家身家不顯，仍然勉力供女兒上學，為此蘭英曾經刻苦用功，一心盼著能給家門添增光彩，終獲難以考取的高等女學校入學資格。到來才知道，家裡早早盤算送她進吳家做狎玩的東西，連妾室身分都未曾事前許諾。

所謂人世，遠遠比鬼魂還要叫人驚懼，比死亡還要叫人無望。

可是月光下，蘭英卻徹底抖落女學生的驕傲自苦，拋卻嫺婢的委屈惻痛了，滿腔烈火燒起的愛憐同情，從此全傾倒在眼前的少女身上。

——吳燕生不就是富貴的、純潔的、年少的張蘭英嗎？

蘭英無比幸福地折倒了。

那是佛祖一線垂入無間地獄的蜘蛛之絲。

世間再沒有人如蘭英那樣清楚知曉，她就是她，她是她的一面明鏡，反射她熱烈的自憐自戀的愛情。

放輕了腳步，夤夜蘭英穿越往昔月光照映的那座小院，深進大紅厝裡富麗的一間，終至那座木架上有牡丹雕花的眠床，像是無聲春風入羅帷。

月光下少女的身軀如花含苞待放，一日比一日幽香郁烈。

燕生柔軟無力的片刻，蘭英便戀戀地環抱那少女身軀。

——老爺病著。

這天蘭英連這樣的話都沒有說出口。

進了屋子，便看見眠床裡側的燕生眼睛滿盈水光。蘭英未及開口，燕生握她的手到襟口，解開盤扣，往開襟進去一寸寸，再一寸寸……

那是春風花事，海棠紅落，燕生汗濕的身軀俯在蘭英懷裡，終究眼淚泉湧。

「我問妳一件事，不許說謊。」

「妾身從來不對您說謊。」

「滿口謊言呵……」

燕生喟嘆，像哭像笑，「妳說我當真有詩人的才幹嗎？」

「當真有的，這可是有目共睹的事情哪。」

「不許妳說謊。要不是吳家和林家聯手堆砌，怎麼蓋得起我這座光有門面的山水庭園？」

「您不信妾身，也該信老爺和石鵬先生。」

「呵，父親和先生，我不就是他們手裡的泥塑嗎？」

燕生聲音艱澀，吐息幾次停頓。

「我，我吳燕生，就是貼金的泥塑，等候真身暴露，一介無知少女，能支撐這個家嗎？吳家百年的根基，終究要毀在我的手上了……」

蘭英把手臂收緊了又收緊。

——老爺病著。

這是實話，吳家人人知道，東碧舍的無名病越見沉重了。

昭和五年的白露秋涼，東碧舍一時沉痾難起，以林家與吳家為首領導的櫟社秋季詩會，不得不延遲到新曆年末舉行。在那之後又過了年餘，東碧舍的病情時轉晴雨，幾次東碧舍病榻捉著蘭英的手，乾涸的喉嚨擠出聲音說妳當真願意為我替死？

蘭英心想，東碧舍卸下當家重擔的那一天，會是什麼情形呢？

鬼魂歸來吳家怡園，就此寄生這個未嫁的獨女燕生嗎？

畢竟是太早了哪。當初年近不惑的東碧舍返回臺島，尚且跟手足打了結實的衙門官司，若是少女燕生偕同寡母支應門庭，怎麼順遂無憂？

「這世間，不是有替死之說嗎？」

蘭英這麼一說，燕生便立時掙開環抱，瞪眼相看。

「牡馬一匹，女親養之。窮居幽處，思念其父，乃戲馬曰：『爾能為我迎得父還，吾將嫁汝。』馬既承此言，乃絕韁而去……」

「那替死之說，不過是父親的妄言。」

「若妾身做您的牡馬，為您換得老爺性命，您是不是能做妾身的蠶女呢？」

不等燕生回答，蘭英一氣地說：「您生作吳家女，來日是不是能見妾身的鬼魂呢？是不是能夠憐愛鬼魂的妾身？」

「妳又說謊，既然以死解脫，何必回這座深院牢籠？」

蘭英微笑起來，靜靜的深深的投以凝望。

燕生像是掉入水潭深處的石頭一樣沉默。

「小姐，此生此世，千山萬水，您就是妾身的棲身之所。」

「說謊。」

燕生縮身退進月影底下。

儘管那臉蛋神情看不分明，蘭英仍然清晰聽見少女的細小聲音。

「這世間，牡馬會愛上蠶女，可即使妳是那匹癡馬，我也不信癡馬會愛上一尊泥塑……」

蘭英只是笑，過去好輕好輕的親吻了少女的嘴唇。

●

昭和七年夏，吳東碧病癒。

昭和八年，曾笑雲編撰《東寧擊缽吟集》，臺中州選錄詩人六十三位，女性僅三，吳燕生為其一。

昭和九年，是年全島詩人大會，吳燕生次日首唱掄元，同年秋季中部聯吟會，奪律詩右元左眼。

昭和十年，全島聯吟大會，吳燕生第二日次題以七絕獲右元。

同年秋，皇國舉行始政四十周年臺灣博覽會，臺北天籟吟社召開盛況空前之臨時全島詩人大會，臺中薔薇室女吳燕生第一日首唱獲右元，聲名鵲起。

吳家有鬼，鬼如朔風動窗櫺，月照樹影西斜。

蘭英不再剪花，不進書房，只有滿月的夜晚，靜悄悄潛入那座牡丹雕花的眠床。那裡有人等候，在蘭英攀上床榻之際主動迎前。爾後有聲窸窣，有濃香芬芳，有月光沁透少女肌膚，染現羊脂白玉似的光。

泰半時候，少女眉宇間仍然流露孤傲的少年神氣，唯獨床間回眸，眼睛有波光瀲灩，流轉魅惑人心的神采。蘭英心裡間或閃逝「吳家女婿必有豔福」的荒謬念頭。

如今燕生是嬌豔盛放的花朵。

吐氣有蘭馨，膚觸如初綻的薔薇。天地錦繡繁花，全落在她一個人身上。

宛如對比，東碧舍卻是乾枯歪曲的老藤。

體魄康泰起來，卻未能隨之心境平和的東碧舍，性格越發顯得焦躁急切。臺島支那二地頻繁往返，宴無數賓客，赴無數筵席。倘若人處臺島，便來回踏遍櫻町的公館庭院以及冬瓜山的別墅花園。

蘭英不再說「老爺病著」了。東碧舍病癒，反而少近女色，拋卻往昔眠花醉柳的習氣，亦不造訪那座石榴雕花的眠床，只一心專注裡外奔波。
「您說，老爺是在尋什麼希罕的東西嗎？」
「……不要提我父親。」
燕生聲音懶懶，有幾分嬌氣。
蘭英不由得過去親吻她的額角，隨後聽見細小近乎無聲的嘆息。是多令人心頭柔軟的嘆息哪。窗縫透進的一線月光安靜冰冷，蘭英不覺留戀凝視光照所在，那裡燕生彷彿睡去，嘴角有輕鬆的笑意。好像天地間只有兩個人了。
「您今天不犯頭疼了？」
「也沒有天天犯頭疼的。」
「從早到晚跟隨著老爺舟車勞頓，不免折損身體了，這樣不懂得愛惜保養怎麼行呢？您可還年輕呢。」
「那也好，身體壞了，正好去抱養個孩子吧。」
燕生夢囈似的小聲說話，「鬼魂作祟的吳家詛咒到我終結，這樣就好了。」
「小姐。」
蘭英抿著嘴笑，把嘴貼在燕生的耳邊。

「您呀，您心底是有妾身的吧？」

燕生驀然警醒，一把推蘭英下床。

蘭英順勢滾落眠床腳踏底下的柔軟西洋地毯。

啊，蠶女的那頭牡馬。

蘭英微笑心想，那頭被剝了皮的牡馬，想必是幸福的吧。

●

那是一把古老的鑰匙。

以褪色紅布裹著的，一把青銅鍛造的古老鑰匙。

古鑰光彩黯淡，青銅鏽斑點點，腥氣浮動。

「了庵，所謂祕寶，就——就是這破爛？」

東碧舍幾乎有點失聲。

可是，或許那便是在場眾人的心聲。

屋內的幾人是怡園主人東碧舍，怡園西席石鵬先生，吳家千金燕生，以及蘭英。最了解吳家詛咒的，再沒有其他人了。

「千真萬確。就是這看似破爛的東西，千真萬確。」

石鵬先生以嘶啞嗓音緩慢說話。

東碧舍咬鼓了腮幫，張大眼睛再三反覆打量青銅古鑰。好半晌，終於吐出一口難忍的長噓。

「就這破爛，我吳子瑜竭盡心神，尋覓了十數年……。也罷，多賴了庵此行奔忙，這畢竟是入了我吳家！這份恩情，子瑜銘感五內——」

「子瑜不必言謝，此事說來不是我的功勞。說來玄妙，儘管這古鑰借我之手入吳家，卻並非吳家尋到鑰匙，乃是鑰匙自己尋上吳家門來的。」

石鵬先生悠悠說話。

「這把古鑰，不久之前仍屬於府城施家所有。作為施家的傳家祕寶，據稱祕寶的來源，是一名天行使者所贈，而這名天行使者——或許，也是鬼魂。令人玩味的是，傳言施家是同安陳家文正公的血脈後人，天行使者的鑰匙實際上送交的是陳家，文正公逝世，陳家沒落，施家方繼之而起，自此兩百年，直到兩年前施家將這把鑰匙轉贈西川先生。而後，西川先生找上了尋覓吳家詛咒解方的我。」

那位年輕的內地紳士自稱，此行是鑰匙引路。石鵬先生平淡轉述，臉龐鬍鬚掩不住嘴邊的一抹微妙苦笑。或許因為多年隱密探查吳家詛咒的解除之方，沒想到有朝一日有人輕易送上門來。

「西川先生說，施家以為鑰匙為陳家帶來滅亡詛咒，因而代代戒慎恐懼，到今藉由機緣脫手，總算拋卻千斤重擔。其實施家完全誤解了。詛咒，乃是天命；天命，即是詛咒。西川先生這話有意思，子瑜，你說是不是？」

「是，正是。快往下說。」

「別著急，話還長著。」

石鵬先生低啜一口茶水，像是思索要從何講起。

「應當這麼說吧，這鑰匙是一枚寶器，以裹藏詛咒、承接天命而生。這神祕寶器自主尋找背負詛咒的家族而棲居，直到棲居家族的天命終焉，才會再度啟程流轉，尋找下一個可棲居的家族。當初施家誤解，以為出讓鑰匙是轉移厄運的良方，孰不知是寶器有意離棄在先，才令施家得以出讓鑰匙……。西川先生這番說詞，我原也視作年輕人的玩笑言語，細想來卻越覺此事絲絲入扣。特別是——府城施家兩百年的古厝，日前遭到無名惡火燒毀——這就是應驗了。一個家族的厄運與強運，乃是詛咒的雙面之刃。施家的天命已然結束，厄運終結，強運亦然，這便是步上了文正公陳家的後塵！」

「這！」

東碧舍聽得張口結舌。

石鵬先生顯然早已反覆揣想過古鑰奧祕，如今神態反而平靜，目光定定地看一眼東碧舍，再看一眼燕生，嗓音放緩下來。

「可是，這的確是吳家的解方。寶器可收攝詛咒，取代當家的肉身，令當家不再受肉身折磨之苦。只要收藏得當，吳家便可如同施家，保全寶器即是保全家族，直到天命告終。然而二位細想一想，這不正是長遠之道嗎？儘管不知吳家天命幾何，至少眼下可以確保燕生小姐誕下嫡親子嗣，或許吳家還有十世、二十世的血脈……」

東碧舍神情一凜。

燕生沒有說話。

「可是了庵，如何確知這寶器承接了我家的天命？」

「倘若西川先生所說無疑，寶器既然到此，便是已經擇定吳家。今日，乃是滿月之日，寶器置放吳家直到下一個滿月，屆時鑰匙將會恢復光輝，假如確實如此，便是天命與詛咒轉移賅備了。」

「下一個滿月，那是明年的上元節……」

東碧舍板滯緩慢的說。

石鵬先生伸手在東碧舍的手背上一拍。

「子瑜，一年之始，是好兆頭吧！」

「是，是好兆頭……我只是，得來不費功夫，反倒神魂顛倒起來了。瞧我，真是！」

東碧舍說完，鬆快地笑了，糾結許久的眼眉皺摺舒張開來。

始終沉默的燕生，臉蛋上的血色褪得乾乾淨淨。

蘭英心頭一空，俯耳過去小聲說：「不過是騙人的故事罷了。」

燕生嘴唇微動，聲音幾不可聞，蘭英卻清清楚楚地聽懂。

「我是吳家的蠶女，吳家未來的孩子，孩子的孩子，注定代代都是那為吳家吐盡柔絲的蠶女啊……。」

●

說起來，那本來就是沒有任何世間道理可言的癡狂。

蘭英自己也莫名所以。

原先只將那少女當作一面自憐的鏡子，怎麼到來卻對她徹底傾心呢？

可是啊，那月光照映少女眼睛明澈雪亮，無聲穿透蘭英，那心底空洞原先燎原火燒一團烈陽，終歸是如雨潤物，雲露蕩漾，心田便有滿園春色花開花謝了。

總是對蘭英表露冷淡孤傲之色的燕生，想必也完全不知道吧。

月影裡，燕生以盈滿水光的眼睛投以凝眸，蘭英的心底深處便有光折射。

那是無數夜裡的月光，是破曉的曙光，是世間再不能更乾淨透明的光芒。那雙眼睛是蘭英萬千珍藏的寶物，是蘭英此生此世，千山萬水，唯一的棲身之所。

●

昭和十一年，上元節，吳部爺公館。

紅布上閃閃發亮的青銅古鑰，在蘭英下一個眨眼的瞬間就爆炸了。

青銅古鑰化作細屑破片，粉碎的更是寄託於寶器之中的吳家百年天命。

屋裡一片混亂。

東碧舍放聲哭嚎，幾次粗喘以後暈厥在地。

石鵬先生出門呼喊幫手援助。

燕生卻只是無法動彈。

蘭英去輕輕地靠在燕生身邊。

燕生看著蘭英，看了再看。

「真的是妳做的……」

「小姐，再沒有吳家詛咒了，您也不必做吳家的蠶女。這樣不很好嗎？」

燕生沒說話，安靜凝望蘭英。

蘭英著迷於那雙眼睛，微笑漸深。

「妳已經知道了嗎？」

「妾身不知道您說的是什麼。」

「那個詛咒……」

燕生說著停頓，抿著嘴唇想要忍耐，淚水卻無從克制地滾落臉頰。

蘭英溫柔拭去那淚珠。

「那年，果然是妾身替死有成了，是嗎？」

「……。」

「所以說，後來發生什麼事情了呢？讓妾身想想……老爺看不見吳部爺了，是嗎？如今家裡仍是老爺當家，可是能看見鬼魂的是您了，是不是？這麼說來，近來您的頭疼就是因為詛咒的緣故了？」
燕生淚流不止。
蘭英不禁環抱燕生的肩膀。
「小姐哭得這樣厲害，妾身會捨不得的。」
「滿口謊言的女人，我不信妳……」
燕生呼吸艱澀，「妳可知道，那把鑰匙既然承接吳家詛咒，鑰匙如今毀滅，恐怕妳也……」
「妾身只想知道一件事，您的悲傷，是不是因為愛著妾身的緣故？」
「……。」
「您的心底，有我。」
「……吳家有鬼，當家之人所見亡魂，必是當家至愛之人。」
終於燕生好輕好輕的嘆息，「我的心底，有妳。」
蘭英便微笑起來，如深深庭院裡所有的花朵一夕綻放。
「小姐，您是我的蠶女，我是您的牡馬，再沒有比這更好的了。」
酒紅色長毛地毯散落一地青銅古鑰碎成的無數破片，無聲無息，閃閃發亮。

像是月光星屑，像是燕生的深夜凝眸，像是蘭英心底折射的光芒。

光芒閃爍，直到天地俱黑。

那是昭和十一年的古曆元宵深夜，吳部爺公館裡發生的，不為人知的小小事件。

河清海晏

陳又津

兩個月後就是全國高校劍道大賽，寮弟休假不但跑回老家，還玩到門禁過了才回學寮，如果不是我等他，他今天恐怕就要露宿街頭了吧，不，到時候老師一定會邀他回家過夜，陳海晏的算盤一定是這麼打的，一想到這裡，鬼海守就獨自生著悶氣，一句話也不說。

「我買了學長最喜歡的鳳梨酥。」陳海晏趕緊走到書桌撕開包裝，希望食物的香氣可以驅散室內的尷尬。

寮弟的窄肩在練了劍道以後一樣單薄，校服外套倒是沒有一點皺摺，帽子也像新的一樣——當然，畢竟寮弟來到臺北一中也不過三個多月。鬼海忍不住伸出手，從海晏取下學生帽，像想到了什麼有趣的事，一邊用有力的手指捏著帽沿和軟布，嗤地一聲，裂成兩半。

海晏的心都涼了，明天早上的朝會要戴什麼才好？

「帽子太新了啦，別人一眼就知道你是新生，」鬼海笑著把裂開的帽子戴回海晏頭上，海晏看著窗玻璃倒影，頭髮一撮撮從裂隙冒出，像雜草一樣，「敝衣破帽才是臺北一中的本色。」

海晏退無可退，夾在書桌和寮兄之間，就怕鬼海把他的衣服也撕破。雖然他知道有些同學這麼撕破帽子，剛開學就像個老鳥指著帽子上縫合的白線，好像是一種流行，但實際聽到布料裂開的聲音，還是有點驚心。

「我幫你用白線縫起來。」鬼海拉開抽屜，看來粗獷的學長竟然有針線盒，海晏不由得覺得意外，看著他把線穿過針眼，坐在床墊上縫了起來。

海晏坐在床柱邊，看著一針一線穿過，淡然說，「我的竹劍好像也壞了。」

「拿來我看。」鬼海接過海晏的劍，熟練地將竹劍一反，緊握劍尖，以拔刀的姿勢尋找重心，就著窗外水銀燈光，從頭到尾仔細檢查一遍。就是這裡。海晏指著劍身一處刮花的地方，鬼海的手在長滿櫛瘢的竹劍上移動，確認受損部位的範圍。

「不嚴重，用砂紙磨一磨再上油就可以了。」

鬼海用絹布沾上松花油，反覆磨砂直到竹劍平整光滑。

「你看！」

結果海晏沒說話，就這樣躺在鬼海的膝上睡著了。鬼海不忍心吵醒他，拿來枕頭墊在寮弟頭下，輕輕挪動身子，把寮弟彎著的腿抬上床鋪，白襪就不幫他脫了，自己爬到上鋪。

晨光照在臉上，海晏發現自己在下鋪過了一夜，頭壓著學長的枕頭。時鐘指著六點半，學長竟然沒叫我！——最近劍道社要求學生七點到校訓練，眼看就要遲到，海晏拎起書包就往武道館衝。

一拉開木門，四五個學長已經著裝完畢，正在練習揮劍。

海晏本來不喜歡劍道，尤其是練習後到處都是滿滿的汗臭，不過穿上那身堅固的裝備後，卻覺得安心不已。記得才剛入學，鬼海就說要淘汰舊裝備，自己就拿著那些去上社課就行了，說也奇怪，海晏穿上去以後長出新的性格，「如果是學長的話——」這樣揮劍出去，很容易就得分。結果幾次想買新的，穿上去又覺得不合適，此事也就不了了之。

請多指教！——不對，除了社員以外，好像有不認識的人？

——美術課的村上英夫老師？

海晏今天對戰的是一年級的柏木，但實力堅強，有望代表學校參與全國大賽。兩劍相接，海晏都能感覺到手臂發麻。兩局就確定落敗。又輸了——這個結果海晏早就習慣了，可是偏偏不想讓老師看見——武道館內空氣悶熱，練習回合結束，海晏就像其他學生那樣迅速把上半身脫掉，隨意打著赤膊。

下課鈴響。

謝謝老師——話聲剛落，海晏不等踩上木屐，就迫不及待跑出武道館，下課的時候到處都是人，海晏直奔無人的美術教室。

「好丟臉喔！你怎麼可以沒經過我同意就來？」

「教練說可以。」村上英夫說。

「教練是教練！我是我！——啊！」海晏腳底不知道踩到什麼，一口氣又不知道往哪裡出，眼淚順勢滾了出來。「不准過來！」

拖著腳步，硬是往窗邊走去。

英夫只得呆立原地，看海晏獨自坐在地板，早晨透亮的陽光灑在他光滑的背脊上，劍道服只穿了半身，背部像弓一般拉緊，身上的汗液如瀑布奔流而下，匯聚在脊椎底部的凹陷。海晏的右下肢、左下肢、右小臂、軀幹左側的線條正好形成一個十字形，腳掌心就位於這十字的焦點。

逆光的面容因為痛苦微微扭曲，似乎想找出疼痛所在，少年彎起身軀俯首注視腳底板的異物，那幅全神貫注的神態，令旁人感到無力的孤獨，那樣的少年撤除一切防護，露出了天真表情的瞬間。

英夫看著這一幅情景，沒想到叫醫生來幫忙，全然沉浸在這一刻。清脆的皮鞋聲在窗外響起，校內行進的樂隊拿出睡眠不足強打的精神，唱著軍艦行進曲：

守攻兼備的黑鐵

是可信賴的水上之城

日本的水上之城
守護皇國的四方

「陳海晏！你不回教室在幹什麼！」

鬼海提著海晏的木屐，快步前來，才知道是木刺紮進腳掌，他伸出手指沿著挺翹的臀線，繞過稜線分明的膝蓋，將海晏的小腿放在自己膝蓋。

大洋上煤炭的煙
隨風和巨龍一起飛翔

鬼海一邊跟著軍歌數拍子，手指繼續輕點緊繃的肌膚，像熱帶海域的魚群在珊瑚間嬉戲，海晏那長年藏在衣服底下的腳底，顯出妖異而不可思議的白，鬼海的手越過日曬的邊界，游向錯綜的腳紋。

砲彈射擊的響聲

聲音如雷般隆隆
跨過萬里的波濤
發出皇國的光輝

但木刺實在太細小了，為了看得更清楚，鬼海跪在地上，頭低得幾乎快要親吻海晏的腳趾。

「找到了！」

大家鬆了一口氣同時，英夫決定畫下這幅絕美畫面，遂鼓起勇氣說出——

「請成為我的模特兒！」

害學生受傷的帳還沒清，現在又提出這種無理要求，世界上怎麼會有這種白癡？鬼海正要斥責英夫，不料背後傳來海晏的回答：「好啊。」

「你在說什麼？腦子燒壞了是不是？」

「反正我打不過別人，至少畫畫的時候可以忘記這些事。我不能總是依靠學長，這世界上一定也有我才能做的事吧。」

「你不需要任何才能，只要好好待在我身邊就好——」鬼海想這麼說，但看著海晏汗濕的前額，眼睛閃爍的光芒，「隨便你，你一定會後悔的。」

●

圓滾滾的荔枝忽然滾到英夫腳邊。

大概是等得久了，擔當模特兒的海晏，拿起寫生盆中的荔枝吃食，荔枝古稱「離枝」，因為果實脆弱而結蒂堅實，摘取時需連枝截斷。然而荔枝離幹，一天失其香，兩天失其汁，三天失其色，所以進貢給楊貴妃的荔枝總是不捨晝夜，穿過眾多城門快馬加鞭而來。這種南國的水果表皮充滿粗糙的顆粒，有些尚且透著青色，內裡卻是不可思議的白軟物事，海晏熟練地掰斷樹枝，新鮮的結蒂處噴出甜膩的碎沫，殼內的水分因太過充盈，沿著他年輕強健的手腕迅速流溢到手肘，在汁液將滴落之際，一口仰頭吮乾。

「不要在畫室吃東西啦！」英夫驚呼。

美術教室內空氣不流通，儲放的顏料又有毒性，一般都會在寬闊明亮的空間作畫，只是現今裸體繪畫的風氣尚未興盛，只好掩人耳目，避免給學校惹來什麼麻煩。

「我又不是故意的。」海晏後退一步，撞上角落的顏料瓶。

「那是荷蘭進口的畫料！」英夫來不及出手，祖母綠色膏應聲碎裂在地，在海晏腳背上留下一抹綠色的痕跡。

「腳底別碰到！」英夫一喊，海晏才想起來早上腳底被木刺扎到，毒素很可能從那侵入，趕緊提起左腳，勉強扶著桌角維持平衡。幸好顏料被脫下的制服阻隔，並未再蔓延過來，但海晏的制服褲無疑也毀了。

英夫取來調色盤與刮板，盡可能將顏料從地板挖起，剩下的只能用抹布擦拭，腦中忽然有了點子，取來濕潤的畫筆沾染綠色，對海晏說：「腳給我。」

接著，就在十隻腳趾甲塗上顏料。

海晏咯咯笑著，英夫幾乎能看見學生赤腳在木地板上揮舞竹劍，黑色劍道服底下一晃而逝的祖母綠趾甲。

海晏體溫驟然升高，汗液涔涔自腋下沿著腰際滾落，他只覺得剛呼出的氣息又被另一人吸入腔體深處，呼吸不到任何新鮮空氣，夏天悄悄地在這座悶熱的教室落腳。

「不公平！我也要塗你！」

最後剩餘的一點顏料，全塗在英夫左手無名指上。英夫平常作畫，身上當然免不了東一塊西一塊沾上顏色，但如此均勻光亮地抹在指甲上，感覺是種罪惡的標記。

好不容易塗完了，英夫只想點菸驅散周圍沉重的氣氛。

他打開窗戶，沁涼的風吹拂過兩人汗濕的髮梢，炎熱的氣息從美術教室洩逸到夜晚的校園，再擴散到整個燈火通明的臺北城，夏天來了。

●

「今天是海神的生日唷。」海晏伸出食指，戳了一下英夫的臉頰。

「咦？」

「老師不喜歡慶典嗎？」

不，當然是喜歡的，當初第一次見到你就是在祭典，南國的瘋魔與塵囂的氣氛。「不過在山上慶祝海神的生日是不是有點奇怪？」

「海神信仰在臺灣到處都是。」鬼海受不了內地人的土氣，連媽祖都不知道。仔細瞧瞧鬼海守，經過武士道鍛鍊的體格，俐落的短髮，臉部堅毅的線條，在在都稱得上是標準的美男子，但可能是太過標準了，以致英夫根本沒注意到。

洗浴過後，鬼海換上習慣的天青色浴衣，英夫揀了比較符合他年紀的咖啡斜條紋，海晏則像是為了映襯傍晚的顏色，穿上深深淺淺的紫。

走出澡堂時，海晏遲遲不穿上鞋，在門口磨蹭。

「我的木屐不見了。」他說。

英夫試著找找看周圍的櫥櫃底下，一無所獲。鬼海研判八成是被其他客人穿走，但海晏又不願意隨便揀雙別人的木屐穿，這樣不是會害到其他人嗎，連稱打赤腳就好，等等在攤位上可以買雙新的木屐，正當海晏踮起腳尖準備走下榻榻米時，被鬼海叫住：你那樣走，剛洗好的腳不就髒掉了嗎？海晏只好坐在原地等旅館送上新的木屐，鬼海卻回答：「我背你去買就好，不必站在這裡浪費時間。」

雖然一點都不想接受這種好意，但海晏知道學長正在氣頭上拒絕不得，只好任由學長背起。但穿著浴衣雙腳張開，底下涼颼颼的，膝蓋還得夾住學長的腰腹，有種奇怪的羞恥感。海晏只能暗自祈禱，此時千萬別有風吹來，直到穿了新鞋，才放下心來。

三人提著燈籠撥開未知的草叢，蟬聲唧唧，草叢間螢火蟲低低地飛行，兩旁的黑水深不見底，像紅豆羊羹，腳下的路有些搖搖晃晃，這是浮橋，海晏從不知道有這樣的東西。時間差不多了。鬼海說。

遠方升起煙火，在天空和腳底同時炸發開來。

嘩——

沐浴在光輝之中，對岸的人群和船隻只在那一瞬間露出模糊的輪廓。

最難熬的，是一顆顆煙火綻發之間的空隙，還有嗎？還有嗎？……最後一顆金穗在空中凋零，夜空中又恢復一如既往的岑寂。

黑色深潭輕輕拍打水上的浮橋，星星在波光映射後更顯明亮，海晏將手往水面撈去，

「你們看，是星星。」

手中是一把濕漉漉的白銀鑰匙。

「快丟掉，」鬼海說，「傳說路邊的物品都有魂靈依附。」

但海晏說什麼就是不丟，還用香火袋紅線綁縛，收進衣襟內側。算了算了，既然是在海神誕辰發現的物品，應該不會有問題吧，等哪天寮弟看膩了，再趁他不注意的時候扔掉就是。

●

鮮紅色的燈籠，從神社延伸到岸邊。英夫彷彿走入東洋畫中，祭典的氣溫入暑升高，人們的汗液也混雜蒸騰，只有初見的少年由遠變近，那日穿著的西裝換為浴衣，英夫對青春的適應變化感到不可思議：三個月前的少年無疑來自南國，那柔軟溫潤的軀體與慵懶的氣質，

如今另有一股冷冽的精神，在他體內如冰塊結魄，折射出耀眼的光芒。英夫在喧鬧的人群中暈眩，一切狂鬧喧肆皆靜止在這一瞬間。英夫慶幸自己擁有辨識少年的眼光及機運，得以見證南國與日本的文化在這少年的身上完美地交匯，那副健康毫無瑕疵的身體，是最優良的畫布，想像著僅憑一滴鮮血就能在他身上染上櫻花的花瓣，英夫隨時皆可為少年作畫，大把大把的創作時光置放在貪婪的畫家面前，純粹的藝術將在英夫的筆下誕生。英夫退後一步，想為少年找到最適合入畫的角度，但遠方的轎隊已抬著神明走入街廓，人潮洶湧彼此推搡，英夫並無轉圜的空間。且天氣實在太熱，肌膚所接觸的是彼此黏膩的手臂，英夫暗暗地深呼吸，果然聞見自己的體味散發開來，剛洗好的身體又沾上塵世的俗膩。一閃神，英夫被人群推距海晏兩步之遙的地方。

鬼海與海晏學著周圍的人將一排一排的鞭炮，對準烤紅的犁頭，扔向神轎劈啪作響，臺灣習俗相信這會讓生意越炸越發，因此每年本島人花費在鞭炮上的金錢，據統計直抵得上一艘軍艦預算。兩名少年一面扔鞭炮，一面對神轎嘶吼，英夫原以為那是少年對未來玫瑰色的許願，走近仔細聽才知道全是些最惡毒下流的字眼，彷彿只有藉著鞭炮的聲響，他們對世界的不滿才能在此刻宣洩。

當轎隊走到滿布鞭炮的定點，所有鞭炮同時引爆，剎那間火光四飛，煙霧滿天，聲音之大彷彿平地雷聲，炸完的下一秒，天空下起炮屑雨來，四周一片響起歡呼。

徹底毫無保留的火之盛宴，這在江戶絕對不可能發生，因為東京全都是木造房屋，政府當局嚴令禁火，即便是皇居外苑的煙火，也不過在天上綻亮瞬刻，從不敢這樣毫無節制。神像隨著鞭炮聲途經崇敬祂的信徒，有名七八十歲的老嫗痛哭失聲、跪地暈死，下一刻為了搶奪平安糖，迅速從地上爬起生虎活龍，手腳敏捷全不輸給青春少年，兜攏好一大包。海晏和鬼海搶來的怕還不到老婦的一半。

「這個給你。」海晏掌中捏著幾顆頹癟的糖粒。像個歷劫歸來的勇士。英夫對糖果沒有多大興趣，但看著海晏喘氣的模樣，心疼地吃下毫無層次可言的食物。

神轎之後，排列著一連串藝閣遊行，海晏一面解說這個是媽祖元神出竅救大哥，那個是千里眼順風耳雙妖鬥法，再過來是玉皇大帝策封仙籍、鄭和下西洋呼求娘娘相助、保生大帝告白遭拒……英夫發覺臺灣的海神是女神，終身未婚，二十八歲升天，外貌因為神威顯赫，看來像是個福態的母親斂眉低首，超脫俗世之外。不似希臘的神祇愛欲沾染，相較之下西方的海神波賽冬，一怒則海底湧現怪物，揮動手上的三叉戟即是地震海嘯，蒼生黎民只得匍匐於祂的喜樂，就連宙斯也不敢攖其鋒。

轎隊往更遠的地方行去，藝閣後方仍有一群黑壓壓持香三跪九叩的信眾，那大多是鬼海所言無生產能力的老者，藉由跋涉苦行肯定自己的價值。但這些既無美貌又無財帛的零餘者，毫無看頭可言。等不到這些人走完，觀禮的人潮早已散盡。

海晏提議說要撈金魚，鬼海和英夫二話不說自然捲起袖子，端起紙屏和臉盆，一步一步逼近金魚，三人的陰影籠罩水池，但英夫望著金魚還不知道從哪下手，網子就破了，海晏笑吟吟看著鬼海一手一隻，利用網子邊緣較硬的鐵絲，將金魚彈入未濕的紙屏，在金魚還來不及呼吸困難時就扔進臉盆，海晏看著金魚旋動的身軀，以及脫離水面不知所以的那一刻，比動手的鬼海還要屏氣凝神；英夫看傻了眼，因為海晏感興趣的不是盆中金魚的數量，而是金魚被撈起時那種細微無措的痛苦。

那些尚在畫紙中漫遊的金魚，無論或紅或藍都有種揮不去的陰影。近視的少年為了看清降臨在他人身上的痛苦，以無比華美的想像力複製同樣的慘境。然而對受難者而言，苦痛並未減少。

遊人被魚驚起的水沫分心，網子破裂，兩人看著盆中沉甸甸的漁獲，英夫說，「這樣可以了吧？」

「但我家沒地方可以放金魚耶。」海晏看向英夫，但美術教室的魚缸也不可能放得下幾十隻小魚，帶回去恐怕死得更快。

「不，這種小魚本身就不可能久活，水裡放了發色藥劑，帶回家只會加速牠們死亡。」旁邊的顧客都聽見英夫的話，放慢撈魚的動作，但這反而讓他們的網子被水浸破。綁著頭巾的臺灣小販似乎沒聽見這話異常開朗地吆喝招呼。

「與其放回海洋，不如在這鹵素燈照耀下結束牠們短暫的生命吧。」海晏親手倒回一盆金魚，而被解放的金魚稍後又重新落入別人的網裡。

●

回到旅館，鬼海勸酒，英夫明知道空腹喝酒傷身，又不敢違逆鬼海的意志，不擅喝酒的英夫還是一杯又一杯，等到料理上桌，英夫才鬆了一口氣，不料這才是地獄的開始。

在水中悠游的河豚因被撈起而膨起突刺，熟練的師傅輕劃一刀，皮肉分離，放在瓷盤中央的魚肉還留有眼睛兀自抽動，細白的肚腹入口即化，這隻河豚應是成熟沒多久。南臺灣盛產的鮪魚、鮭魚切盤上桌，油花與肌肉部分彷若縱橫的山脈，紅色的河水靜靜流過，只要留心周遭，處處皆是美麗的圖畫。接下來是乾燒魚翅、透抽、石斑、紅蟳、大閘蟹、鮑魚、生蠔……全都是海鮮，連熱帶魚都被烤熟上桌，再怎麼喜歡海產，看到這桌菜色也會卻步。天堂地獄、美景夜叉，少年的口腹彷彿沒有止境，英夫有些後悔來這趟，吃完這輪，這輩子再也不想嘗試海鮮。

「遠來是客，老師在臺灣也不知道會待多久，說不準明天就回去了，所以特別準備這一桌日臺全席，這樣老師回日本也可以有個交代。」鬼海說著，但英夫知道這不過是變形的逐客令，只是在海晏面前不方便說，英夫竭力跟上兩人吃食的節奏。海晏自小在基隆港邊長大，對挑刺剝殼自是熟悉不過；鬼海神色自若，嘴裡還咂咂有聲，英夫唯一能稱道的大概就是魚刺堆得極為端整了吧。在兩名少年聯合勸導下，英夫喝下了奇怪的透明稠狀液體，味道鹹腥得不得了。你們不喝嗎？英夫皺著眉頭望向兩人。不要不要，海晏連忙搖手。我不需要。鬼海一如既往。

「……喝了以後有什麼感覺嗎？」海晏問。

「我應該要有什麼感覺嗎？」不過就是鹹鹹的，很想喝水沖掉腥味如此而已。

「那個效用沒那麼快啦。」

「所以那究竟是什麼？」

「喝了對你身體有好處的東西。」

「請回答我的問題。」

「龍蝦血。」鬼海清楚地回答，但冷靜的嗓音彷彿在嘲笑英夫的無能。可惡！不知道鬼海下一步還會怎麼惡整自己，想到這英夫不禁對漫漫長夜感到憂鬱起來。最可惡的是，海晏也覺得自己到了需要補身體的年紀了嗎？

紙門拉開，一張碳烤架送進房來。

「啊！王牌來了！」海晏喊著。

服務生鍋蓋一掀，烤得赤燙的鰻魚在石頭上閃耀咖啡色的光澤，魚尾散成穗狀，空氣中瀰漫著竹葉香味，服務生將整條鰻魚均分到三人面前，這盤鰻魚遵照日本傳統甜膩的醬汁，讓英夫這般不戀家的人也想起了童年的滋味，英夫正待下箸卻發現魚身中央滿是密密麻麻的細刺。

海晏見英夫舉箸不動，知道英夫的為難，便端起盤子湊近嘴邊，伸出貓般的舌頭用牙齒叼出鰭背大骨，連帶取出與之相連的細刺，流蘇一般的魚刺和海晏嘴邊的唾沫相互輝映，嘴邊沾著醬汁的海晏輕輕一笑，將已經去骨的鰻魚送到英夫面前。

鬼海一言不發起身離席，撞倒了桌面的酒杯也沒去揀，英夫忖度鬼海的肚量未免太小，自顧倒了一杯清酒。聽見紙門開闔的聲音，海晏沒多考慮便追了出去。

「學長！」海晏喝了些酒，腳步有些不穩，鬼海聽見叫喚頓了一下，但隨即加快腳步。海晏加速跑到鬼海前面，堵住他的去路。

「你也許不能明白，」海晏站在鬼海面前，「老師對我而言是很重要的人……」

鬼海急著想前行不得已側身而過，要推開海晏卻反而被握住雙腕，臉色由紅轉白，海晏急得快哭出來，鬼海又安慰不了，終於忍不住蹲下往旁邊的花園咳吐起來，終於明白發生了什麼事的海晏，不斷拍撫那上下起伏的背，雖然這不是第一次觸碰學長的身體，但要把魚刺拍出來，恐怕還需要更強的力道。

隨著嘔吐物一起噴出來的魚骨有一片指甲那麼長。

眼淚都咳出來了，魚刺留在喉嚨中的感覺還是痲痲癢癢的。

海晏向女侍討了杯水和白飯，要鬼海含著白飯嚥下去，「為什麼不說呢……」該不會是以為自己連魚骨都能吃下去的男人吧。

鬼海鼓突鼓突喝著水，冷靜下來後才想起自己的狼狽，用衣袖趕緊擦去嘴邊殘留的涎液，哎呀其實那樣晶晶亮亮的很可愛呀——海晏吻上了鬼海的嘴邊。

記不清是有風拂過，還是溫軟的唇，鬼海想確認的時候，只感覺熱燙的鑰匙自寮弟衣襟滑出，重重擊中他有力的手臂，那誘惑的姿態又化為樸實的寮弟，彷彿什麼都沒發生。鬼海耳根發熱，恍恍惚惚跟著寮弟回到和室，失卻平時從容的步調。英夫無論喝了多少清酒，都無法驅離龍蝦血在喉嚨深處的腥味。

天剛透著亮光，海晏站在小便斗前，忽然覺得眼前一陣暈眩，啊，是地震。在臺灣長大的孩子對於地震可說是家常便飯，但這次的地震未免太久，持續到海晏整泡尿撒完都還沒停歇，因此一尿完，海晏比平時更快地拉起褲子跑回床邊。

「學長學長，好像有地震欸。」

鬼海反射地坐直身體，迅速瞥了一下鬧鐘，「還有一個小時半。……」以一種無比清明的眼神對海晏說，「繼續睡吧。」

既然平時謹慎的學長都這麼判斷，再睡一下應該也沒什麼關係。

海晏再度鑽進被窩。

同一時間英夫已經徹底驚醒，連衣服都來不及套上就衝下樓梯。因為十二年前的關東大地震，英夫親眼看見許多房子毀於祝融，有的連戶燒成一片火海，那時正是中午炊飯時間，大多數人家來不及反應，導致炊具崩壞或倒塌，火苗紛紛竄起，造成東京市大規模火災。一些逃到避難所或是防空洞的市民，無論老少皆集體被大火吞噬。

清晨在教職員宿舍下的教師們，有的單穿內褲、有的頭髮散亂，嘴角還殘留口水白色印痕的，彼此對看一會兒，「還在震嗎？」「停了吧。」接著聊起近來學校的趣事，學生頑劣不受教，或前途茫茫不知道是否該轉換跑道……

到了學校，所有機關宣布放假三天，且可能繼續放下去，全校師生面面相覷，心想有這麼嚴重嗎。海晏打電話回家報平安，祖父要他乖乖待在學校，且因鐵路交通中斷，暫時別急著回家，基隆這邊一切都好，只是魚池因為河川陷落乾涸，怕是救不回來了。海晏連道不要緊，祖父順道稱讚上回寄來的明代書畫……由於後面還有許多學生等著打電話，讓祖父講下去恐怕就天黑了，「您喜歡就好。下回見面再聊。」匆匆掛上電話。

鬼海學長回家查看情況，不知道什麼時候會回來，海晏信步走到美術教室發現裡面一團散亂，可以說是整個學校受災最嚴重的地方。老師忙著收拾地上的顏料和畫具，全沒發現海晏的腳步聲。雖然說地震影響頗巨，但學長不久前才為督學來訪精心整理過的教室，現在已經超越以往的混亂，不僅是天災而可以說是人禍，要是讓學長見了肯定會抓狂，老師的人生也會跟著一片黑暗。

「我進來囉。」海晏敲敲門板，英夫說請進，抱歉沒什麼好招待的。

「我想來幫忙整理一下。」

「這怎麼好意思，你不先回家看看嗎？」

「鐵路斷了我也回不去哪。不過家裡都好。」

「說的也是，鬼海君回家去啦？」

「嗯，也沒說什麼時候回來。我可以跟老師住一起嗎？」

欸？英夫愣了一下。

英夫才發現這句話背後的意味有些微妙。「很困擾的話也可以拒絕——我只是很怕一個人待在學寮，現在又空蕩蕩的……」

「好啊。」英夫答應。「等這邊整理好再過去吧。」

嗯。但英夫隨即想到家裡比教室更亂，沒洗的衣服從書櫃到堆門口，不小心的話還會踩到硬掉的顏料，邀了海晏來也不知道要讓他睡在哪裡，總不能讓人家睡地板吧，但床上還有上次感冒累積的衛生紙，連續好幾餐的餐具沒洗，垃圾桶滿了也沒時間拿去倒，早上的牛奶忘了有沒有喝完，寫生用水果籃裡面的芒果大概腐爛了吧，水槽從來到臺灣以後一直想找個時間洗但……想到這裡，一陣地搖天動。不對！是餘震。英夫登時抓起海晏的手往外跑，跑到廣場中央。時近中午，校園內闃靜無人，似乎連風都靜止下來，只有汗無聲地從臉頰滑落。

海晏興味盎然地窺看教員四疊半的宿舍，一排關於希臘羅馬的書籍高踞書櫃最顯眼的位置，燙金封面牛皮裝訂，每一本都有翻閱的痕跡，摺頁、標記或潑出的茶漬，間或夾了一些炭筆摹寫，床上散落的某些素描看來也由此處而來：作為雕像原型的賽巴斯蒂安，拿著弓箭的是丘比特，那張是森林之神與年輕祭司，次張是在葡萄樹下縱酒狂歡的戴奧尼索斯，午後沉睡中的戰神、戴著月桂冠的阿波羅緊緊掐住化成樹木的達芙妮……雖然說這些都是希臘神話人物，但其實都是羅馬或文藝復興時代的作品。海晏一邊檢索百科，一面對照英夫雜亂毫無章法的餘稿，試圖辨識出這些摹稿的原作和故事。

翻著翻著，海晏看見自己從小到大生長的基隆，雜貨店門前拴著的黑狗，宰切活魚的師傅，關於上元祭的種種老師幾乎全畫下來了。海晏對於一個人在一夜之間，記下這麼多細節感到不可思議，甚至連當時陪在自己旁邊的佣人，也有清楚的描繪，不會錯的，佣人那彎翹的鼻頭以及沉澱的痘瘢……

那一時間、那一地點，那樣的光影變換，老師和我說不定曾經打過照面，如果連這麼小的草鞋和女人的裙帶都能看得清楚，怎麼可能看不見我？海晏翻找任何可能關於自己的線索，可惜一無所獲。手下鬼海學長的全身素描，兀自孤立於那古代的榮耀，而有一種現代的氣氛。那胸膛的線條以及堅硬的突起，海晏拉開衣領，瞇眼想看清身上的部分，又想起自己其實在別人家中，這幅光景不免有些詭異，只好打消這個念頭。不過，怎麼想都覺得是學長比較好啊。

同樣的身體，在老師的筆下原來能這樣處理，落筆的方向，著色的急緩，以及用指腹抹開的層次，一氣呵成。怪不得老師能夠處理上千年前的人物，穿越複製品令人無感的印刷，重新賦予它們活著的氣味。相較之下，海晏雖然喜歡畫畫，但對於枯燥的畫技教科書一點也不想下苦功探究，他喜歡自己所喜歡的，這樣就夠了。這麼想著的時候，海晏抽出那張佣人的素描，補上當時他手上的竹籃，籃裡放的是剛從黃昏市場採買的鮮魚和青蔥，塞回那一大疊希臘故事裡面。

海晏從菸灰缸拿出一根摁息的菸蒂，輕拍沾染其上的黑灰，湊近鼻尖，有一股燒焦的炭味，真不懂為什麼有人會喜歡這股味道。濾嘴中央泛出金箔般的雲朵，軟綿綿的。海晏拿起火柴，像平時點蚊香那樣燒起菸蒂，但味道還是一樣難聞。菸灰缸旁邊放著一本詩集，標題寫著奧菲莉亞，海晏隨意找了一段開始看起。那是韓波十六歲不到寫的詩作，想來是和自己差不多的年歲。奧菲莉亞是莎士比亞的故事，英文課的時候也多少上過一些。

「人呢……？海晏、海晏！」房內傳來英夫的叫喚，大概是找不到人在哪裡。

海晏心頭忽然浮現一個念頭，不知道老師會找到什麼時候？如果老師找到了我，我就跟他說這句詩：「白皙的奧菲莉亞飄蕩，如一朵碩大蓮花。」當作他的獎賞吧。抱著詩集，海晏跳上窗臺，躲在紙窗旁邊。

「海晏，你在哪？」遲疑的腳步接近了陽臺。

海晏真想說，「我在這裡！」一個箭步就飛奔過去，但他卻忍住了，看著自己的影子投在英夫的腳邊。再一步，驚喜就在這裡。

「海晏。」英夫輕聲叫喚，心想好好一個人不可能不見。

地震過後的下午，闃靜無聲，亮晃晃地彷彿白晝下的夢境，在這樣晴朗的日子失去海晏，未免太殘酷了，難道這是上天要懲罰他遺忘藝術使命的譴責，將少年神隱？看著床上蜷伏成一團的棉被，英夫連伸手翻開的勇氣都沒有。不知道從哪看來的故事，有個小孩玩遊戲躲在棉被裡，他的同伴明知他在那裡，一掀開竟然從此不見蹤影。

從剛才開始，海晏就一直看著英夫的神情舉止，想找個時機說出：白皙的奧菲莉亞飄蕩……。但老師實在太認真，讓他想出去也不是。海晏想著也許還是跳樓算了。

「啊！在這裡。」

背後突然出現的聲音，讓海晏心臟停拍一下。

蹲在沒有遮攔的窗臺上還是很危險，英夫伸出手來，將迷路的天使接回陽臺。

海晏說：「我本來只是想對你說一句詩的……。」

英夫看見他手上拿著的韓波詩集。「是哪一句呢？」

「……我忘記了。」

英夫不得不克制自己想親吻少年的衝動，轉過身去拿起一根煙。

「教我抽菸嘛。」從天使口中吐出這樣的要求，

「抽菸不好啦。」

「哼。」

「這個又沒什麼好玩的，對身體也不好。」

「我不會上癮的，拜託。」

「說來上次要教你的腳踏車還沒練過呢。」

「你不給我的話，我就去外面買喔。」

但就算是凡人的少年，英夫也一樣喜歡。他拿出菸盒，掏出兩支菸。

「好啦好啦，一根可以吧？」

「半根也可以。」

「那樣看起來太寒酸了。」

於是英夫餵了海晏一根菸，劃亮盒中最後一根火柴，一邊還不忘囑咐：「別吸太大口，會嗆。」

看見火花在臉前不到十公分的距離，海晏緊張得忘記呼吸，更不用說點燃菸頭。只見火柴越燒越短，幾乎燒灼英夫的手指，「你要吸氣啊。」

第一支菸功敗垂成，英夫要海晏稍待一會，轉身走進房間，這時海晏想抽菸的興致已經沒了，但看老師東翻西找，從一堆空火柴盒找到幾根零餘火柴，只得繼續努力吸氣。好不容易成功點燃的時候，毋須尼古丁的催化，海晏的大腦已經因為嚴重缺氧而飄飄然了。

malleus、incus、patella、pelvis、femur……這些遠古字彙在英夫奇妙的腔調下，散發出自足傲慢的榮光。它們也是人類皮膚底下，血與肉附著的骨骼名稱——人體素描不僅考驗畫家調合色彩的能力，還必須勾勒出其下的骨架。

魚只有一條脊骨，人像立體的關鍵也在於皮膚下的骨骼。

海晏聽著寫下：蝶篩陷凹、舟狀骨、淚骨、種子骨、S狀洞溝、莖乳突孔、篩骨迷路、翼突筋窩、下殿筋線、閉鎖稜、外結合線……彷佛在身體內部重新組成一個看不見的宇宙。

上帝說要有光，便有了光，有了水，有了活物，有了七情六欲，沿著人類內在的身體肌理，似乎就能走進古羅馬帝國的榮耀與血腥。

競技場中央負傷的獅子，染血的鬃毛迎風飄揚，儘管死亡的命運已迫臨眼前，生命的強悍尊嚴仍令在場觀眾動容。城市上空聳立著水道橋，輕盈而珍貴的水趨流到平民人家、蓄水宮殿或享樂用的溫泉浴池，這座被神祝福的城市不知道山裡帶來的石灰正一點一滴淤積奔馳的水道，兀自沉浸在敗德的氣息，當然這群人也不知道，有一天他們所使用的語言也將消失匿跡，只留在專門領域的教科書中。

●

那枝射中賽巴斯蒂安肚腹的詛咒之箭，似乎已經來到英夫的現實生活。越躲避殘酷的命運，不幸越會尾隨你的腳步。

地震過後，原本是山坡的地方裂成兩半，田裡還有噴出泥漿的異象，空氣中瀰漫著一股酸臭，那是連日來遭受曝曬的死屍，與倖存者體垢混雜而成的氣味。薄板釘製的棺材四處擺放。若是連木板都找不到，村人把死去的孩子用草蓆一捆就包起來，用扁擔一頭一個，挑起來到山上埋葬。然而死亡的人究竟太多，風水地理師也忙不過來，喪家把鋤頭往空中一拋，鋤頭落在哪兒，哪兒就充作是死者的安身所。

為了搶救被埋在土堆瓦礫下的生者，村民拿起平時的農具，圓鍬、鋤頭或鏟子來挖，但也有人被釘耙鏟到頭，雖然救了出來，卻因為頭部傷重，四五天後死去。

經過一整天奔走才到達目的地，臺北一中的服務團下榻在軍隊駐紮的帳篷。海晏戴上臂章，走進郡役所改裝的臨時醫院，室內混雜著傷者身體分泌物的氣味，儘管鼻塞聞不見，海晏不自覺地放淺呼吸，雖然有些害怕，他還是鼓起勇氣走近病床開始訪問。

腐爛的眼眶上面停了一隻蒼蠅，傷者連眼淚都流不出來，他的家人都在地震中罹難，兒子、媳婦、孫子、女兒……只有老人孤身活了下來，「為什麼活下來的是我？」

海晏不知道該怎麼回答這個問題。

「聽你的聲音還很年輕啊。」盲眼的老人說。「你幾歲了？」

「十五。」

「跟我家的孫女一樣啊。」聽到這句話，海晏心中忽然浮上愧疚的感覺。

「手……」老人沙啞的聲音，「可以把你的手給我嗎？」

可以，海晏把手交給老人，老人極其高興地握住少年的手，只剩下一層皮的手指在充滿彈性的手掌心摩挲，撫摸未受光照的手臂內側，海晏看見老人手臂上的黑斑，雖然知道不會傳染，卻還是怕看不見的黴菌會爬到身上，變得像老人那樣又醜又老……想抽手回去，那緊緊箍住粉紅手腕的褐色枯手，卻像鉗子一樣拽著海晏不肯放。瞬間，海晏大叫：「不要！」接著心跳加速，眼前一黑。

「放開我！」海晏喘不過氣來大喊，旁邊握著自己手的人是鬼海。

「怎麼了？」

躺在沾滿體液的病床中央，旁邊還散落沾血的繃帶，海晏直身坐起。

「聽說你昏倒了，所以我就過來看看。」鬼海倒了一杯水來，但看茶壺壺嘴附近飛滿了蒼蠅，海晏拒絕，「我不想喝。」

剛剛的老人正用流滿淋巴液的雙眼看向自己，不對，他已經瞎了，不可能知道自己在這裡，那也許不過是他的臉正巧面向這裡罷了。

「對不起——」來救人的，卻反而被人家救。海晏感到很不好意思。

「沒有問題的話，可以把病床讓給需要的人嗎？」護士毫不客氣趕人。

「可以可以，」海晏立刻從床上跳起，「抱歉。」立刻讓意識昏迷的病患躺上剛剛所睡的床，無意間瞥見床單底下那人的腳已經枯黑萎縮。

「為啥只是中暑就可以送到這裡？」「四腳仔的命就是比本島人有價值啊……」「看起

來還是個學生仔。」「咱大字都不識一個就等著給人騙啦……」經過緊密排列的病床，海晏聽見其他傷患正對自己指指點點，並把自己當做日本人看待。

「還是不舒服嗎？」鬼海順手攔起海晏的腰。

「我沒事。」

●

營地外圍全是不認識的本島人，他們或坐或臥攔住來往的內地人，「大人啊我們都吃不夠。」「房子沒了，我們需要衣服啊。」「請再多給我們一點水。」「一圓幾分錢也好……」來這裡的群眾已經接近乞討，但如果給了他們，他們會想要得更多……。

儘管鬼海聽不懂這群人的語言，但他們的意思再清楚不過，鬼海從口袋掏出幾塊錢，想打發掉前面攔路的民眾，不料卻引來其他人的注意，像蒼蠅一般大批黏襲而來，這使得兩人回營地的路更加困難，鬼海大喊，「借過！借過！」人們卻毫無退讓的意思，要求施捨的手指幾乎觸碰到兩人的身體。還有小孩的手伸手過來想扯掉海晏外套的金色鈕扣。

「閃開！」海晏用臺灣話大聲喊出，周圍的人全靜下來。

又羞又急，掙脫鬼海的攙扶，海晏跌跌撞撞走向營地。人潮確實往後退去，但落在他背後的目光卻加倍令人難受。

「三腳仔不要臉。」「幫日本狗欺負自己人不得好死。」「以為跟日本人好就是日本人了嗎？放屁。」「全家都吃日本人的屎長大的。」……「卡仔！」

最後這句話讓海晏神經斷了線，他衝回去揪住那庄稼漢的衣領，對方的身材比海晏厚實，但一時反應不過來，當面吃了海晏一拳，倒在地上鼻血直流，海晏跨坐在對方腰部，膝蓋頂住胸口，不斷搧對方巴掌，嘴裡全是日文裡最惡毒的罵人字眼。鬼海不知道究竟是什麼話惹了海晏生氣。周圍的民眾似乎對這景象習以為常，沒有人制止，也沒有人離去，默默看著這幅常見的街景。

直到庄稼漢的臉像一團發餿的麵團，鬼海才拍拍海晏的肩，背過身去往營地的方向走了幾步，等聽見海晏跟上的腳步聲，兩人一前一後行走，路上沒有一句交談。而海晏胸前本來是銀色的鑰匙，不知何時，變成深黑色的，直到後來洗浴時才發現異樣，變成了完全不一樣的東西。

●

回到帳篷，海晏的心情始終無法平復下來，咳嗽變得更加劇烈。這時他聽見外面有細微的爭吵聲，怕又重複剛剛上演的事件，海晏將毯子蒙住頭頂，仔細一聽才發現是小孩子的哭聲。顧不得疲軟的身體，海晏抓著手帕就走出門外。

「你們不可以躺在這裡。」堆放救濟品的倉庫前，武裝警察對躲在那前面的孩子高聲歎道，兩張蒼白的小臉望向昏暗的街道，他們相互摟抱著想讓彼此溫暖一些。「我們好餓呀。」「你們沒有領配給嗎？」「我們沒有戶口。」「……總之，你們不可以躺在這兒。」兩個孩子一言不發蹣跚朝夜中走去。

「請等一下。」海晏聽見警察和小孩的對話，立刻從帳篷中抱出一床毛毯。「這個給你們。」雖然白天遇見的人不好，但小孩子是無辜的，他們沒有向人要求什麼，只是要一個遮風避雨的地方，雖然無法搭建這樣的地方，但至少能把手中的毛毯送出去。

「謝謝。」小孩用生澀的日語答道，黧黑的臉上露出缺牙的笑容。但海晏顯得比他們還高興，彷彿這一整天的苦難都是為了這救贖的一刻，海晏想像今天晚上兩兄弟蓋著同一條毯子，在月光下熟睡的模樣，不禁打從內心真正地笑了開來。

小孩一轉身就用臺灣話低聲說，「好幸運，今天不用被阿爸揍了。」「日本仔的東西好漂亮！」「應該可以賣個好價錢吧。」……說著在雨中展開那張針法細膩的毛毯，紫紅藍綠的絲線交織而成繁複幾何花草圖案，融入闃暗的夜色。

鬼海出聲，並扔了一條毛巾給海晏，他照學寮的習慣準備了兩副日用品。「這樣隨便就把東西送出去，你考慮過我的心情嗎？」那毛毯是父親託人從印度帶回的珍品，質量輕暖保暖，手工縫製，光是一條毯子就要耗上三個月的時間。

「你生氣了嗎？」

「……我生氣了。」鬼海想看看海晏會怎麼回答。

「那我去把毯子追回來！」海晏說著就往孩子離開的方向撒腿跑去，鬼海大喊：「不用了啦。」

海晏一臉疑惑湊近鬼海旁邊：「你不生氣嗎？」

「不生氣了。」心想看到你這個樣子，我怎麼可能會生氣呢。

「……」海晏懷疑一個人怎麼可能生了氣又這麼快轉好，但鬼海的眼中確實沒有怒意，於是他得出一個結論：「你騙我！」

「啊，被發現了。」

「我……我討厭你。」海晏這麼說，鬼海緊張了，早知道就不該測試海晏。為了一床毛毯失去海晏，鬼海失了準頭，全沒發現海晏的眼裡也沒有討厭的神色。

「我只是擔心你這樣晚上會著涼啊。」鬼海隨口胡謅。

「這個不用擔心啦。」

「你不知道雖然說是夏天，但直接睡地上清晨一定會冷醒——」

「我知道啊。上次睡學校地板就超冷的。」

「知道你還送給別人！」一不小心又用質問的口氣，鬼海不斷責罵自己太衝動。

「因為你一定會叫我跟你睡啊。」海晏笑著說，鬼海這才發現自己被反將一軍，早就被人摸透了。

英夫從另一側走來。「你們怎麼這麼早？」

擔心海晏想起剛剛不愉快的事，鬼海立刻回答。「就早點回來不可以嗎？」

「可以、可以……」

英夫反而才像是個中學生，臉色酡紅講起救援工作的細節：一雙又一雙的手傳過救援的物資，那是學生才有的細緻及未經世事，然而跟那些做慣粗工的手一樣，此時此刻全都挽起袖子來承接一樣的重量。英夫手心容易冒汗，卻忙得連抹手汗的時間都沒有，更要注意不打亂物品傳送的節奏。英夫還記得關東大地震的時候，自己也是和海晏一樣的年紀。只記得那時火焰迅速吞噬了喊叫的人聲。倖存者後來舉行的葬禮，連眼淚都蒸乾了。

所以，現在的自己必須努力做點什麼才好。

「話說回來你今天不洗澡嗎？」鬼海看來不打算放過任何一次捉弄英夫的機會。

「呃……」

鬼海趁勝追擊：「但我們睡同一間，你不洗的話很臭欸。」

英夫求救似地看向海晏，海晏則一反常態地說：「當然，你可以選擇睡外面。」

結果英夫就在兩人的監視下，端起臉盆和毛巾，往河邊的方向走去，雖然已經過了適合洗澡的時間，但河水多少還殘留太陽的餘溫。在銀色月光下擦澡也別有一番風味。

但下水的那一刻兩人還是直呼好冷，因為沒有向自己潑水的勇氣，拚命向對方潑水，海晏潑不過鬼海，索性狠心一蹲讓河水浸濕頭髮，冷透了就沒什麼好怕的，反而能靜靜洗浴身體的每一部分。英夫經過一整天的烈日曝曬，皮膚刷地黑了一層，且因為學生那種令人不甚愉快的目光，英夫盡可能加緊洗浴的速度，但因為是冷水的關係總有種洗不乾淨的感覺，最後花上了比平常更長的時間。

先洗完的兩人坐在石頭上並不急著回去，讓晚風將頭髮吹乾。

等英夫洗完上岸，海晏露出神祕兮兮的笑容，從口袋拿出一塊鋁箔紙包裹的新奇玩意兒，「我帶了個好東西來唷。」打開鋁箔紙，裡面卻是看不出有什麼特別的硬塊黑片。

看著海晏興奮的笑容和所謂的好東西，鬼海不解：「這是什麼……泥土嗎？」

「是巧克力！」說著掰給鬼海和英夫一人一片，「我特別從家裡帶來。想著要跟你們一起吃，但是每次都忘記……算了，你們趕快吃吃看！」

在一九三五年的災區忽然出現這種奢華品，若不是周遭的景色滿目瘡痍，還真會讓人誤以為這群人正在修業旅行。

「怎麼樣？」海晏與其說想品嘗巧克力的滋味，倒不如說更好奇吃下去的反應。

聞起來是香的，而且就算是泥土，因為是海晏特地帶來，吃一點也不算什麼。唔，稱不上是好吃，而且這黑渣一碰上舌頭就融化，要咬還咬不到，但有一種神奇的味道，有點苦苦的但應該是甜的。

「好吃嗎？」

「不好吃。」「好吃。」

「老師果然是大人！第一次吃的時候，我還很害怕呢。」這種東西任誰吃來都會害怕，就算是已經融化了的現在，英夫還是會懷疑牙齒沒清乾淨。雖然不覺得好吃，但也不想拂逆海晏的好意。

「明明就不好吃。」鬼海的反應誠實得多。

「這是大人的味道呢。」海晏說著自己也吃了一塊，臉上疑惑的表情讓他看起來更像個孩子。

——我打算明天回去。鬼海宣布。

「這麼快？我們來這裡還沒幾天。」

鬼海懶得解釋今天發生的事情，實際上是他也不知道究竟發生了什麼事，但只有一件事是確定的：海晏不適合待在這裡。

英夫原本的想法是想能待多久就待多久，但轉念一想：災區重建這種事也不是一時半刻就能完成，目前公學校已經能移到戶外上課，情勢漸趨和緩。

決定好明天啟程之後，英夫著手收拾晾在帳篷內的衣物，準備清晨下山，趕搭中午往臺北的上行火車。但窄小的帳篷裡隨便一個動作都會碰到對方身體，英夫緊張得無法入眠。

經過一整天的勞動，兩個年輕人很快地躺平入睡，但不見海晏原來使用的毛毯，直接就睡在毫無遮擋的泥土地上，英夫心想這樣難道不會冷嗎，正這麼想時自己也累得遁入夢鄉。鬼海看著海晏在地面蜷起身子，心裡雖然想懲罰海晏，卻還是不忍看他感冒受寒，手一伸，鬼海還是把海晏擁進來一起睡了。

海晏並沒有睡，或說是身體疲累至極卻始終睡不著，當鬼海攏自己入懷，鼻尖抵上厚實的胸膛，明明今天沒用過任何肥皂或洗髮精，為什麼卻有股肉體的香味？海晏也想確認自己身上的味道，但又怕會將學長驚醒。額頭抵著胸口，那一起一伏的呼吸漸緩，大概是睡著了，現在的學長在做怎麼樣的夢呢？鬼海睜開眼睛，看見男孩不知所措的表情，他輕輕笑著，暗地發誓這一輩子要對這個人好。

夜中，一串鑰匙的聲音響起，海晏鑽出被窩，試圖尋出聲音的根源，越往沼澤走去，又看見一把白銀鑰匙懸浮在水中，水波不動，水藻也不動，那底下也有金魚嗎？但，夜晚實在太深太沉，近視的他沒辦法看得清楚。遠處傳來幾聲蒼鷺的啼鳴，樹蛙在墨綠的荷葉上與遠方的繁星相互呼應。海晏感覺清晨的霧露正從他赤裸的腳爬升而上，漂亮的金魚從他身旁游過。咦，我這是在做什麼啊？海晏意識到寒冷那時，蘆葦呢喃，水藻戰慄，樹木也輕輕嘆了一口氣，冷冽的晨曦照耀一朵朵盛開的蓮花，少年像一顆石頭沉落水底，五顏六色的金魚環繞在他身邊嬉戲，徒留深黑色的鑰匙，遺落在沼澤邊緣。

潮靈夜話

瀟湘神

汽船抵達基隆外海，是午後五時的事。不愧是臺灣的夏天，就算天氣陰濕，皮膚也感覺不到半點要入夜的涼意。這天海象不好，即使是這樣穩重的船，站在甲板上，重心也飄來飄去，雖不至於暈船，也累積不少焦躁感。甲板上幾個年輕人看到基隆港，喊著「陸地啊！是陸地！」，或許就是透過喊出這種理所當然的事，宣洩心頭煩悶吧。

相較之下，與我同行的友人，連這種宣洩的力氣都沒有。本就有些瘦弱的他，靠在欄杆上，臉色顯得更加慘白，雖看著遠方，卻眼神渙散，海風這麼大，還真擔心他會直接給吹走了。看他如此不堪，我有些愧疚，早知他會暈船，便不堅持從海路到臺北了。

我們本來計畫搭上行列車到臺北，但先前有個速度緩慢的颱風過境，意外停留了兩天，臺南倒還好，其他地方據說損壞嚴重，上行鐵路也有兩、三處斷裂，保守估計要半個月才能修好。這麼一來，車票成了廢紙不說，原先的計畫也泡湯了。我這位朋友是不急著北上，但半個月後我另有安排，沒機會來臺北，因此我強硬地說不然就改搭船，走海路吧！這位朋友拗不過我，便答應了。我匆匆張羅旅館的事，雖沒訂到臺北的旅館，基隆的「船越旅館」剛好有人退訂，便一口氣訂了四天三夜，這樣一來，連遊玩的時間都有了。

現在想想，這都是我一頭熱，全沒顧慮到友人的心情。跟湊熱鬧的我不同，他才是此次事件的苦主，是懷著沮喪苦惱而來的。

「唉，這也是池大人的詛咒吧？」友人沒頭沒腦地說，聲音馬上就被浪滔聲掩蓋。

「沒這回事。你不也同意可能只是心理作用嗎？」我說。

友人嘆了口氣，露出苦笑。

「讓你見笑了，國分先生。剛剛只是自嘲。不過我不是沒搭過船，還是第一次暈成這樣，考慮到家族裡連續的不幸，我不禁想，現在身體差到連一趟航程都應付不了，會不會是詛咒的一環？我也知道荒唐，卻無法克制自己這麼想——或許我不該來臺北的。」

「施君，如果詛咒真的存在，一定有比暈船更可怕的手段，像把這艘船給弄沉。但現在就算海象不好，也不到能翻覆這艘汽船的程度。我想你是為了家族的事，太過勞心，才拖垮身體，等見到西川先生，拿回祖傳的鑰匙，就會恢復精神了。」我安慰他。

我這位朋友叫施天泉，是臺南人，也算悠久大族的一員。我認識他，不過是幾個月前的事，過程還有些曲折，請容我從頭說起。

臺南有位民俗研究者石暘睢先生，見多識廣，堪稱活字典。我以民族學、考古學為志業，興趣也延伸到臺灣史上，自然想多多向這位本島前輩請益。前陣子，他說了件奇聞，燃起我濃烈的好奇心。

去年，臺南第一中學校附近的施家古厝發生大火，付之一炬，還連累旁邊幾棟民宅，幸好沒多少死傷。失火時間在正午過後，留在家的人不多，若在深夜，情況可能更嚴重。但這個時間，為何施家大宅會失火？還是一口氣猛烈燒起來，不及滅火，調查後，也沒發現明顯的起火源，甚至有人在事發前幾天，看到怪火出現在古厝的屋頂上；這些傳言在八卦小報上流傳，加深我對施家怪火的印象。今年年初，我拜訪石先生，聊到要一同調查臺南失落的遺跡，如五條港、軍功廠等等，他說有些曾經存在的廟宇，現在消失了，也值得留下紀錄，說著說著，他忽然感嘆：可惜施家大宅燒掉了。我不禁好奇，施家古厝有什麼特別的價值嗎？

「當然有啊！據我所知，那棟宅邸迄今至少兩百餘年，還是鄭氏身邊的參軍陳永華隱居到赤山龍湖巖之前，留在府城的宅邸。」石先生用帶著點口音的日語說。

「什麼！竟是陳永華的宅邸，那不是很寶貴？」

「嗯，雖只是傳聞，沒有根據，但我私下考察過，從房子的格局看，原主人有一定地位，年代上也差不多。」

「原來如此。啊，燒掉了真可惜，要是能親眼見到就好了。」

「國分先生要是在府城北門那邊的公園散過步，說不定見過，只是不知道那就是施家宅邸。說到這個，其實關於施家大火……我聽過一個奇妙的傳言。」石先生感慨完了，竟改用興致勃勃的口吻，我也被他的語氣影響，期待起來；他鑽進書房，拿出好幾本支那古書，將其中幾段翻成日語，並說了一些不為人知的祕辛，我這才恍然大悟——原來施家大火，竟可能與陳永華一族所受的詛咒有關！

根據這幾本書所稱，陳永華死前，曾有異人拜訪。這位異人，有些書稱之為「天行使者」，有些稱為「池大人」，有些稱為「瘟使者」。在這些傳說中，陳永華在天行使者拜訪後不久即過世，之後瘟疫盛行。

「這麼說來，這位天行使者，莫非是俗信裡常提到的瘟神？」

我沒用迷信這個詞。雖然俗信多半不科學，但有信仰，一定有其理由，用「迷」稱之，太過簡化了。

「顯然如此。池大人這個稱呼透露了來者身分，本島盛行的王爺信仰中，單獨祭祀者，以池王爺居多。池王爺是支那歷史上的人物，叫池夢彪，他死後封神，是因為他死前曾夢到要來凡間散播瘟疫的瘟神，為拯救蒼生，趁瘟神不注意時，將祂要用的藥粉吞下，這等於是全天下的疫病都在池夢彪體內發作，所以你在廟裡面看，池王爺通常都是黑臉，就是因為他毒發身亡。總之，因為他拯救蒼生，就被封神了。」

「說到這個，我總是不懂，瘟神究竟是散播瘟疫，還是阻止瘟疫的？這池王爺也是，池夢彪死後成神，是因為阻止了瘟疫吧？明明阻止了瘟疫，卻成為瘟神，這不是很奇怪嗎？在陳永華的故事裡，他甚至帶來瘟疫，怎麼會這樣呢？」

「你的觀察非常好！國分先生。」

石先生的興致越來越濃厚。

「王爺信仰確實有這種兩面性。本島人祭拜王爺，一方面是希望驅除瘟疫，但瘟疫發生了，與王爺也脫不了關係。可以說，王爺正是一種帶來死亡，同時也抑制死亡，處在生死交界，曖昧模糊的神祉。」

「原來如此。不過這與施家火災有何關係？」

「是這樣的。我聽一位朋友說，住在陳永華故居的施家，就是陳永華的後人！這件事沒在坊間流傳，如果屬實，我猜是戰亂過後，其後人偷偷把祖厝給買下來吧。」

我大感驚訝，被其中的傳奇性所吸引，但我好歹受過史學教育，隨即起了疑心：

「這有根據嗎？冒充名人之後，無論在我國或支那，都不罕見。」

「我也考慮過，不過要騙人的話，通常會大肆宣揚吧？但這件事沒多少人知道，我也是偶然從朋友那裡得知。他透露給我後，還有些後悔呢！當時我不怎麼相信，苦纏著他將知道內幕的人介紹給我，原來施家有位男子在勸業銀行工作，這事是他親口說的。我隨即找上這位男子，多虧我熟知民俗歷史的身分，當我說這是從各路史料推論而出，他馬上信服了，並說這不是什麼值得炫耀的事，請我別說出去——國分先生，這只是我們茶餘飯後的閒聊，沒什麼學術根據，還請別發表啊！」

「當然當然。那關於天行使者的事，他有說什麼嗎？」

石先生告訴我這些，當然不會毫無道理。既然都鋪陳這麼多，一定有什麼施家怪火與天行使者間的關係，是直接從當事人那裡聽說的。

「有。據他所說，當年天行使者不只拜訪陳永華，還留下一件東西。這個東西，後來被施家精心打造的佛盒裝起來。天行使者吩咐，有一天，他會來取走這樣東西，而當那一天到來，災難便會造訪施家。」

「這是什麼不合理的要求！天行使者用瘟疫奪走這麼多人命，還宣稱會再度找上陳永華後人的麻煩，為何施家的人不馬上丟掉那東西，還用佛盒裝起來？」

「或許他們也很矛盾吧？如果丟掉，誰知天行使者會不會馬上報復？就算禍延子孫，至少詛咒不是在自己這一代應驗。雖然一直收著，就如心頭上的一根刺，但也許天行使者永遠不會來啊。就是抱著這種得過且過的心情，施家才一直傳承著佛盒吧？也因為傳承的是佛盒，所以到底天行使者留下的東西是什麼，就連施家後人也不知道。」

「原來如此。那石先生是懷疑，施家大火便是天行使者實現諾言，取走佛盒嗎？」

「不不，不是天行使者取走佛盒，而是施家的人確實如剛剛國分先生所說，將佛盒給捨棄了。」

「咦？」雖然合情合理，但不知為何，總覺得很不是滋味。都收藏著那個佛盒長達兩百年了，居然說捨棄就捨棄，不覺得半途而廢嗎？石先生說起他得知的始末：

「大概兩年前，那位施家後人主動找我說起佛盒的事，說他母親將佛盒給送人了。或許是我曾向他借看佛盒而不可得，他覺得有告知我的必要吧？看他的表情，似乎也不是很在意，恐怕他心裡也不信天行使者的傳說，只把傳承佛盒當成家族義務吧？事情最後以祖厝的大火收場，卻是在我們意料之外了。」

石先生說完，眼前那碗茶已放涼了，他拿茶壺重新斟滿。

不得不承認，這段故事深具傳奇性與魅力。當時我正忙於別的事，等實際前往北門公園附近一探施家末路，又過了幾個月。我根據報紙記載找到施家宅邸，正如石先生猜想，我確實見過。先前沒細看，現在只剩斷垣殘壁，木製的屋梁焦黑變形，因傾頹的磚牆曝露在外，不及救出的家具，以可憐兮兮的醜惡姿態蜷曲在黑暗中。大火雖連累到旁邊房子，看來也都修復了，只有施家宅邸，彷彿被推入時間洪流，獨自度過千年——我就是在這樣的廢墟前，遇上回來緬懷故居的施天泉。

當時我怎樣都沒想到，竟會與這位比我小幾歲的本島人一見如故，成為朋友。細節就不提了。總之，正因如此，我才從他口中得知，天行使者事件的後續沒有石先生說的這麼單純。

聽石先生轉述，施家將佛盒送人，彷彿是隨興為之，其實並非如此。兩年前，施家發生一場騷動，當時某位人物介入此事，平息騷動，並向施家明確指出「詛咒並不存在」。為感念這位人物出手相助，施家的老夫人才以佛盒相贈，一方面確是贈禮，另一方面也表示信服「詛咒不存在」一說，可以說，那位人物是將施家從詛咒的幻想中解放出來。

但當施君說出那位人物的名字，我還以為聽錯了，怎樣也想不到他會在這個怪奇事件中登場；兩年前解決施家騷動，取走佛盒的人，竟是成立「媽祖書房」，在當今文壇風風火火的西川滿！聽媽祖書房的創辦人與此事有關，我心中興奮難以形容。但施君可不這麼想。原來送出佛盒後，施家厄運不斷，宅邸毀於祝融，不過是悲劇的片段。

本來有機會升官的父親，忽然重病住院，別說升官無望，對家計也造成影響；叔叔的料亭正要開分店，卻臨時遇上資金缺口，不得不違約，被罰了一筆錢；表妹杏子崇尚自由戀愛，與男朋友私奔，卻遭始亂終棄，雖然回家，卻羞愧地不敢出門。施家本是本島人表率，與內地人親近，各方面也算扶搖直上，如今卻像被命運之神捉弄，當笑話看後便丟在一旁。

「我錯了，當初根本不該相信西川先生。西川先生說詛咒不存在，也只是證明兩年前的騷亂有誰裝神弄鬼，不表示施家沒受天行使者詛咒啊！祖母也真是老糊塗，竟將天行使者留下的鑰匙送給西川先生。」

那個「鑰匙」，就是天行使者留下的東西，西川先生帶走佛盒前，曾當著施君的面打開，才知道是青銅製的鑰匙。坦白說，施君這些話，我不怎麼同意。我已聽過兩年前始末，他祖母相信祖傳的天行使者故事，被施君認為是迷信，待祖母出讓祖傳的佛盒，他又說是老糊塗，做人豈能如此反覆？更重要的是，誰也無法證明這些事真是詛咒啊。

「施君，我實在不能認同。料亭的事，做生意本就有風險；令尊在銀行工作，應酬在所難免，要是沒好好保養身體，忽然生病也不奇怪；你表妹與男人私奔，那是天然的性情，誰也勉強不來，難道池府王爺還插手人間姻緣嗎？更重要的是，池府王爺乃是瘟神，真要作祟，也是帶來瘟疫，但現在施家的一連串不幸，與瘟疫有關嗎？」

「確實無關。」

施君茫然看著無人的地方，不一會兒才開口：

「但現在施家大大小小，精神氣力都大不如前，我自己也動不動就頭痛體虛，以前都不會這樣。給醫生看，也檢查不出毛病。這難道不是池大人作祟嗎？況且，不只是我，家裡也有不少人這麼想。」

聽他這番話，我有些難過。若是如此，當家的老夫人也太可憐了，現在的她，恐怕成了大家私底下指責的對象。

「施君，我覺得答案很簡單：因為你覺得是池大人作祟，戰戰兢兢，這種精神上的緊繃，就是身體不適的主因。這樣吧，我有個提案，只要我們找到西川先生，拿回鑰匙，讓你放下心中的大石，事情一定會回到正軌。」

對我這番提案，施君有些猶豫。已經送出去的禮物，要開口拿回來，難免要經過一番掙扎，但在我大力勸說下，他還是動筆寫信，寄去媽祖書房。意外的是，我們等了一個多月，這封信卻石沉大海，施君怕寄丟，又寫了兩封，也是同樣下場，這讓施君徹底死心，他認為，西川先生是在委婉表示不願歸還鑰匙。

「哪有這種事！若不想歸還，好歹寫封信明白交代吧？如此不明不白，可不教人甘心！」我比當事人還氣憤，便硬拉著他要到臺北討公道——以上，便是我們最後搭上這艘船的始末。那時我們怎樣也想不到，因颱風而改變的行程，竟讓我們在港都遇上如此可怕的事。

被群山包圍的基隆港越來越清晰，潮濕黏膩的風讓人不想開口，沒多久，汽船便穩穩滑到港邊。破碎細瑣的波濤聲中，旅客鬧騰起來。我與施君提著行李下船。踏上水泥地面，視野新奇地變得十分低矮，我不禁想，這才是人類的高度啊！下船前，右側還能看到彷彿被巨人直直削去的奇峰怪岩，藏身其上的白色燈塔，就像瑰麗的水彩畫。現在，同樣的景色看來卻十分遙遠，色彩也單調平凡，這便是我們回到人間的證明。

碼頭就鄰著基隆車站，車站前的廣場上，樺山總督的銅像正面對著車站門口，對我們這些乘船而來的旅人不屑一顧。在雨港站久了，樺山總督看來也灰頭土臉，沒半點威風，銅像底下停著幾輛巴士，我經過時研究了一下路線，另一邊，十幾個本島車伕在人力車旁，或蹲或站，他們都戴著斗笠，一致到像戲服。車伕吆喝著招呼客人，只有少數人停下，生意頗為冷清，我們乘著旅客形成的洪流移動，「船越旅館」就在車站右邊不遠處。

入內登記後，旅館的女仕將我們帶到房間，房裡擺設風格是和洋折衷的，或許是為了迎合港口印象，還貼了西洋紋飾的壁紙。我將行李放好，說：

「施君，趁天色還沒暗，我們出去逛逛吧！剛剛我看過巴士，有到孤拔濱海水浴場的，也有到仙洞的，應該都能在天黑前回來，你有何打算？」

「我還以為我們要直接去臺北？」

「沒關係的，我們有四天啊！第一天就把事情做完，接下來幾天該如何是好？」我說。

施君一臉迷惘，我有些心虛，坐到床上，態度轉為誠懇：

「當然，我們不是來玩的，不過現在到臺北，西川先生一定已經離開報社了，若是直接拜訪他家，未免不禮貌。即使見到西川先生，也不知有什麼波折，若發生什麼意外，趕不上回基隆的末班列車就糟了。而且你想想，現在你最需要的是什麼？難道是繼續擔心天行使者、西川先生的事嗎？不，你已經擔心夠了，現在你需要的是能轉移注意力的事物。施君，都到基隆了耶！還有什麼比旅行更能轉換心情？你該想著怎麼好好玩一玩。」

「也許吧。但我沒來過基隆，也不知要去哪，你剛才說的地方，我聽都沒聽過。」

「什麼？你沒聽過仙洞？」我在床上坐直，仙洞是過去基隆八景之一，本島人的施君竟沒聽過，讓我有些意外。當然，我也稱不上了解，只是在旅遊書看過，但要講給施君聽，算綽綽有餘。

仙洞離這裡不遠，剛剛下船的地方，有條沿著海岸的蜿蜒小路，便是通往仙洞。據說，過去曾有支那人在洞裡得道成仙，「仙洞」之名，便源自於此。但仙洞最特殊之處，並非成仙傳說，而是這長達數百尺的山洞，竟是被海水侵蝕而成；過去基隆八景有所謂「仙洞聽濤」，便是海浪拍打岩壁的聲音，在洞裡形成擊鼓般的回音——多令人嚮往！但築基隆港後，因為仙洞鼻建了防波堤，區分外港、內港，潮聲便沒以往響亮了。

但仙洞仍是知名的旅遊勝地。領臺前，已有許多文人雅士留下足跡，或許是砂質軟岩的特性，要在壁上刻字，並不困難。不只支那的文人官員，根據社會事業家石坂莊作的調查，裡頭還有西方人的簽名刻痕。

「西方人，難道是荷蘭人？仙洞有這麼早就有人跡？」施君被提起了興趣。

「好像不是，我記得那些簽名，是在一八六〇、一八七〇左右。可能是天津條約後，西方人往來臺灣更加方便所致吧？不過能見到七、八十年前西方人留下的痕跡，不也是種浪漫嗎？」

窗外悶在雲裡的天光閃爍，彷彿某種蛇形的光輝在裡頭游泳，或許是無聲的閃電。泛著白光的烏雲看不出時間，或許黃昏前都會是這樣的天色，若這樣下去，大概要等人們在黑暗中看不見彼此，才猛然驚覺過了逢魔時刻。但我與施君起了遊興，顧不得這麼多，離開旅館後就到車站前的廣場搭乘巴士。

車子搖搖晃晃地經過高砂橋。

不過一町的距離，景色漸轉荒涼。過度茂密的樹叢堆疊在山上，有種野蠻的氣勢。穿過隧道，視野忽然開闊，灰色的海拍出幾層樓高的浪花，沒多久，巴士抵達仙洞，我與施君下車，海風迎面而來，濤聲也隱約可聞。

剛剛看來還不怎麼高的山頭，現在卻要努力仰頭觀望。山勢筆直落下，樹根沒有立足之處，使岩壁赤裸裸地顯現出來，饒富奇趣；穿過石製的鳥居與階梯，有個兩間高的洞窟，顯然就是「仙洞」。意外的是，洞裡有面支那式的牆，沿著洞窟的形狀陷進去，門與窗戶一應俱全。

「真奇妙，簡直像嵌進洞裡的房子！」施君說。

「施君也沒見過這種景色？」

「沒。在臺南要找到這樣的山都難，更別說山洞了。」

為何有這樣奇特的設計，我與施君百思不得其解。洞窟右邊立著弁財天石像，也令人驚奇。這石像很明顯是內地風格，我對仙洞的主要印象來自仙人傳說，現在看到弁財天，竟有些抗拒。

其實這些事，問了當地居民，都有合理的原因。仙洞最初以仙人傳說聞名，但後來有人在洞裡建廟，名為「代明宮」，神像放在裡面，便有了那面牆。領臺後，有人覺得仙洞跟相州名勝「江之島岩屋」很像，而江島神社的弁財天無人不知，便希望仙洞也祭祀弁財天。

走進洞內，熟悉的香味縈繞著，那是被悶在洞內的線香，令我懷想起臺南的本島人街道。洞口不遠處有個神桌，供著觀音、佛祖、媽祖等神像，香爐裡幾根燒到一半的香，紅色燭火融融照亮視野，支那文人刻於壁上的文字環繞著我們，「仙洞」、「海外洞天」等大字在燭火中搖曳。

「真不敢相信，這是同治年間的字！」

施君興奮起來，拿出打火機觀察石壁。我就著光線看，壁上的文字多到驚人，擁擠到不剩半點自然之美。神桌旁有兩個通道，右邊的較寬，施君拿著打火機先走進去，我跟著他。地下水滲進來，在砂質岩壁反射著蛇鱗般的光。洞窟深處安靜得可怕，偶爾回響著水滴聲。大概走了十幾間的距離，洞穴便狹窄到難以前進，雖能聽見水滴，卻不聞浪濤聲，更別說鼓聲般的回音。

「好像聽不見海的聲音。」施君也想著同樣的事。

「這就是新版的基隆八景沒有仙洞聽濤的原因吧。」我無奈地說。

折返前往左側通道，這條通道狹窄到我們不得不半跪著前進。這段期間，我們都在感慨「仙洞聽濤」不復得聞的悲哀，忘了觀察壁上塗鴉。待出了仙洞，心裡難免有些失望。海濤聲隨風傳來。

「國分先生，雖然仙洞裡聽不到，但既然天還沒黑，我們不妨去聽聽海吧？」

「好啊，我也正這麼想。」

我應和，同時為他高興，有主動觀光的餘裕，看來他心情有些好轉了。

防波堤就在不遠處。洞前聽來不怎麼響，但到離防波堤約十間之處，那聲音直如雷鳴，要將海岸劈碎。汽船入港時，我確有看到奮不顧身投向長堤、彷彿追求自我毀滅的浪花，但離著一段距離，感受不深，如今站在防波堤邊，即將被捲入危險的壯絕快感通過雷鳴流遍全身，讓人興奮不已。

「國分先生，站得太近了！」我的本島友人忍不住喊道。

「這距離還沒問題啦！」我笑著抹去臉上的浪花，回頭一看，竟已看不太到施君表情。太陽下沉的速度好快，明明五分鐘前還很清楚的。我走到他身邊，想看清他的臉。

「國分先生！」施君的聲音驚恐極了，讓我感到有些好笑，這明明不危險。

「沒事啦，沒事啦，不是說了嗎？海浪捲不到這邊的。」

「不是，你看那邊！」施君忽然用力抓住我的肩膀，指向某處。我被他的態度嚇到，順著手指的方向看去。在這逢魔時刻，一切都模模糊糊，看不太清楚，但他指的那個東西，因為太過突兀，反而清晰能辨。即使如此，第一時間，我也懷疑自己看錯了。

那是個漂流木大小的東西，正被海浪拍打著。

「國分先生，那該不會是——」

施君壓低聲音，馬上就被浪滔聲掩蓋。我理解他為何降低音量。有些話，我們會覺得不能大聲說，就像他沒說完的話。那東西離我們大概有十幾間的距離，我跳下防波堤，朝那個東西走去。

施君緊跟在後。

真希望是看錯。但我走越近，就越覺得自己沒錯。夜晚將至，滿是烏雲的天空轉成一種邪惡的紺色，海洋也化為舞動著白色皺摺的深紫色生物，以人類難以想像的尺度張牙舞爪。一切越來越暗。衝擊到防波堤上的浪沫，像乳白色的霧雨，沾到我們身上，我來到那漂流木般的東西旁。

「國分先生，火。」

施君將打火機遞給我，那是除了燈塔外，傍晚僅存的光。我彎下腰，橘黃色的光線照在那東西上，證明我們沒有看錯。暈眩感從腳底浮起，襲向全身，我忍住嘔吐的衝動。施君扶著我，顯然也驚慌失措。海風將火焰吹熄，我手忙腳亂地再度點燃，這只是下意識的行為，沒什麼意義，因為看得夠清楚了。最後我把打火機還給施君，簡短地說：

「找警察。」

海岸邊被浪花拍濕的東西，是人。那是位穿著黑色劍道服、身形魁武的少年。他張大嘴巴，像要怒斥什麼，或在恐懼什麼，或不相信自己的死，保持著某種正直純潔的懷疑。海蟑螂爬進他嘴裡，再爬出來，毫不畏懼，因為屍體不會動，與海邊亂石無異。明明有著人類外形，卻絲毫不具人類性，這讓曾經活著的他成為某種異質的存在。

我與施君奔跑起來，彷彿不跑的話，便會被這種巨大的恐怖追上。

●

回到「船越旅館」，我跟施君已精疲力竭。我二話不說就躺到床上，施君則是進浴室洗手。看時鐘，已將近晚上十一時。明明都這時間了，雖沒吃晚餐，我卻沒半點食慾。

警察問了什麼，我已記不太清楚，反而那具海邊屍體的樣貌，怎樣都忘不掉。嚴格來說，並不是記得他的長相，而是打火機的微光照在他被海浪拍濕的臉上，那有如銅像般的金色輪廓。他張大的嘴、伸出的舌尖、積著水的鼻翼、像被汗水潤濕的頭髮……這一切都因那短短的幾秒，在我記憶中永遠燃燒。

但讓我印象最深的，是在火光下烏黑深沉的臉，彷彿抹了煤炭般——

那不是正常的臉色。即使對死人來說都是。

「國分先生，你還好嗎？」

施君走出洗手間，氣息奄奄。我不太想說話，只點點頭，過了一會兒，我起身問他有沒有菸？他說有，便給了我一根，幫我點燃，自己也拿了一根去抽。施君坐在沙發上吸菸，身上半正式的西服因奔波而凌亂不堪，但配合他帶著病容的臉，有種頹廢優雅的氣質。要是沒說，根本看不出他是本島人，他無疑是接受一流的現代教育長大。

「我們運氣也太差了。」他說。

「是啊。抱歉把你拖下水，要是我沒提議去仙洞就好了。」

「不不，我沒有怪國分先生的意思！要是真如國分先生所說，那我也有責任啊，畢竟說要去防波堤的是我。但確實有讓人氣憤之處，不知國分先生是怎麼想的？我是說，關於剛剛警察的態度。」

「啊，那個啊。確實是很讓人惱火。」我不滿地吸了口菸。

發現屍體後，我們立刻報案，帶警察們前往仙洞防坡堤，後來我們先被帶回警察署，其他警察留在那邊，似乎要等法醫跟檢察官過去，還不能動屍體。在警察署中，我們被盤問不少問題，才驚覺被當成嫌疑犯了。

「莫名其妙，如果我們是犯人，還會去報警嗎？」施君抱怨。

「也許他們以為我們報警只是想擺脫嫌疑吧。」

「如果我們認識死者，或因為其他原因，本來就會懷疑到我們頭上，那就算了。但棄屍在不知何時會被發現的海岸，根本無法縮小範圍，如果我們真是犯人，還去報警，豈不是自投羅網，我們有這麼笨嗎？」

只要不牽扯到池王爺的詛咒，施君腦筋其實挺清楚的。如他所說，這種小事，明明仔細一想就明白了，警察卻毫不掩飾對我們的懷疑，真是莫名其妙！後來我們拿出船票，證明我們下船後根本不可能有時間犯案，才讓他們收斂些，即使如此，他們還是要求我們明天再去做一次詳細的筆錄。

「施君，明天的筆錄，我去就好了。你去臺北找西川先生吧！」

「這怎麼行——」

「有什麼不行，找西川先生才是正事。反正我們講的一樣，根本不用兩個人啊！明天警察問起，我就說你另有要事。」我擺出要承擔一切的態度，但施君臉色陰晴不定，猶豫片刻後無奈開口。

「我怕被當成畏罪潛逃。」

「什麼？太荒謬了，我們在船上，根本不可能是犯人啊！」

「當然，我也知道自己無罪，但為何警察懷疑我們？我不禁想，或許是我本島人的身分。國分先生記得嗎？你說自己是內地人時，警察還再三確認，明明沒懷疑我的身分，為何要懷疑你？不是因為國分先生比較可疑，而是他先聽我是本島人，心裡懷疑我，進而懷疑起你的身分了。若是如此，我沒去做筆錄，恐怕引起不必要的多心。」

我想起警察的眼神及態度，才驚覺真是如此，這還真是只有當事人才能意會過來的。但轉念一想，又覺得他想太多，便搖搖頭。

「施君，或許你說的沒錯，但你依然無罪啊！就算引起不必要的多心又如何？把搜查重點放在這種愚蠢的事情上，是警察的失誤，為何你非得配合他們不可？」

「是這樣沒錯，但這樣一來，國分先生或許會面臨不必要的責難……」

「就讓他們來吧！聽你這麼說，我更不希望你去了。像你這樣的人，有誰能說你不是我們大日本帝國的子民？不過是在臺灣出生罷了，因為這種原因覺得你可能有犯罪動機，太愚蠢了！」

不管那些警察怎麼想，施君就是不可能犯罪，因為怕麻煩而配合對方，實在是想太多了——根本不必為那種人想這麼多！我極力說服施君無需配合警察，並保證這不會造成我的麻煩。當然，如果警察當真追究此事，並以此責難我，我不能說完全不害怕。但若因此委屈施君，更說不過去。事情便這麼定了。

不過有件事，我始終沒說。

夜裡，我浸泡在南國夏夜的悶熱，不熟悉的西式床鋪與不知是否存在的蚊子，都讓我難以安眠。半夢半醒間，死去少年最後的表情揮之不去，數度將要入睡的我驚醒。那張臉，在金色的濕潤線條中，彷彿有黑色荊棘在皮膚下蔓延，又像默然綻開的黑曇花，轉眼就要凋謝。寂靜的死滅裡，奇異的黑色有種生命，它不是塗抹上去，而是從少年體內滲透而出。

黑色的臉——我想到池夢彪的傳說，還有石先生暢談此事的表情。

少年是死於劇毒嗎？或有別的原因？這當然不能跟施君說，要是說了，或許「池大人的詛咒」會再度困擾他。況且，他真的沒想到嗎？經歷過那場天狗騷動，他當然知道「黑臉」的意義。是沒看清死者的臉，還是沒想到？或想到了，卻閉口不提？無論如何，沒有我主動開口的道理。

基隆的清晨帶著潮氣，彷彿連枕頭、被子都是潮的。

我睡得很差，等真正醒來，施君已經出發。他在旅館送來的早餐旁邊留了紙條，說很抱歉先行離開，不好意思打擾我的睡眠。他太客氣了，但這樣的貼心，有不當的後果：早餐已經涼了。

通知女仕來收拾早餐時，我要了份報紙來看，果然有報導昨天的事。上面以「基隆仙洞防波堤的殺人」為題，寫了一段中等篇幅的報導。標題說「殺人」，我並不意外，連我跟施君這種外行人都看得出來，那絕非意外溺死。不是因為那奇怪的臉色，而是他的身體太過乾淨完美。

溺死者的模樣很可怕。我聽人說，最好一輩子不要遇到。遺體上浮，通常已是死後一段時間，因為死後臟腑內部發酵，形成大量腐敗瓦斯，將總比重較高的人體托上水面，這時，遺體會以一種醜惡的姿態膨脹，而少年的身體並未如此。當然，若少年溺斃後立刻漂流上岸，便不會膨脹，但我認為不是這樣。如前所說，少年的身體太乾淨了。海岸不是只有海，多的是蔓生的水草與漂流物，溺死者面臨死亡，會不顧一切攀抓四周的東西；但別說手中沒東西，他甚至沒握緊雙手。而且他的口鼻並無泡沫，說明他沒將水吸入肺部。最合理的猜想，就是少年因故死亡後，被棄屍於防波堤。

問題是，為何要棄屍在那？不，甚至可以問，那真的是棄屍嗎……？

單就事實看，是棄屍沒錯，但棄屍通常也帶著藏匿罪行的企圖，要從某處移到海岸，本就有風險，既然如此，為何不做得徹底些，像在遺體綁重物，沉入海中？現在這種做法，簡直就像「發現也沒關係」，那又何必特別到海岸棄屍？

報紙還提了一件我跟施君不知道的事，少年的身分已被驗明，意外的是，他是臺北一中的學生，有著大好前途。我有些難過，忍不住為他的年輕感慨。唉！這名叫「鬼海守」的少年啊——

不知為何，我腦中閃過一個畫面，彷彿在別處見過「鬼海守」這個名字。

怎麼會？

我茫然側頭。我沒見過他，為何知道他的名字？我閉上眼，努力在腦中摸索，記得好像是在紙上看到的，同樣是鉛字印刷，不，不是報紙，文字要比報紙更大，字距更寬。到底是在哪裡？

海風吹進半開的窗戶，發出像要斷氣的「咿呀」聲，厚重的窗簾沒精神地搖擺著，不但沒降溫，反而更加悶熱。我放下報紙，在房裡坐不下去，加上想不起到底在哪裡見過「鬼海守」這名字，心裡煩躁，便決定去警察署做筆錄。

車站前多的是人力車，我招了一輛，搖搖晃晃的不怎麼舒服。到警察署時，已差不多上午十一時。今天做筆錄的警察與昨天不同，態度客氣多了，也沒追究為何施君沒來，看來我們的嫌疑已徹底排除。我有點想跟他抱怨昨天警察的態度，但想想還是算了，也許那位警察也被內部教訓過了？接下來我也沒心情想這件事，毫無焦點的問題太多，讓昨晚睡眠不足的我快睡著了。這根本是浪費時間，我忍不住心裡埋怨。

「大人，拜託你，讓我見鬼海哥哥最後一面。」

警察署角落，不知何時出現的少女向警察懇求，我無心瞥了一眼，視線忽然被她吸引；少女在瓦數不足的燈光中，像署裡的影子，但她眼裡的誠摯，宛若不懂得熄滅的燭光，堅毅地穿透漫長黑夜而來，使她沒有消融在影子中。仔細一看，少女的裝扮有些不倫不類，她穿著長袖白洋服，頸子掛著香火袋，腰部以下是深色的袴，腳穿木屐，簡直像急著出門，臨時把手邊的衣服亂穿一通。真古怪。

「國分先生？」我前方的警察喚我，我回頭回答他的問題，同時偷偷聽著旁邊對話。

「昨天死者遺族昨天來過了，你怎麼沒跟他們一起來？」警察問。

「我不是遺族，但我跟鬼海哥哥一起長大……拜託你，我只是想知道鬼海哥哥發生什麼事了，請讓我見他。」

少女聲音並不動聽，低沉沙啞，不怎麼悅耳，但有種粗獷的真誠，靜靜觸動了我。原來是少年的青梅竹馬啊！現在想來，那位死去少年也稱得上美少年，這位相貌平凡的少女，是怎樣與他一起度過童年的呢？我自作多情地妄想著，心裡也溫暖起來。即使不幸離世，還有家人以外的人惦記著他，這對孤獨來到世上的人，不啻是一種安慰，少年雖然身死，卻也值得了，我擅自這麼想。

「這樣啊，倒也不是不——」

「不行，我不准！」

我嚇了一跳。

這聲音像飛進房裡的炮彈，連牆壁都震動，我站起身，眼前的警察也滿臉錯愕。回頭一看，發出怒喝的男子穿著黑色洋服，氣勢洶洶，宛如浮世繪裡瞪著人的武士。這人是誰啊！看來不像警察，而且，他是何時進來的？

「您、您是哪位啊？」本來正跟少女說話的警察結結巴巴。

「我是來給鬼海驗屍的。臺北帝國大學解剖學教室教授，金關丈夫。」

我從未聽過這麼強硬無禮的自我介紹。他說完話，還是惡狠狠地睥睨著少女，少女沒有退縮，其事不關己的樣子，有著被世界驅逐的悲痛感，令人心疼。我驚訝地挺直身體，這人就是金關丈夫？

我知道這名字。如前所說，我對考古有興趣，金關先生正是同道中人。他雖是醫生，卻跨足人類學，幾年前在琉球做過人種調查、挖掘人骨。對他的事蹟，我略有所聞，也懷著欽慕之情，但眼前的這個男人……雖然憑第一印象看人不好，我實在有些失望。他比我想的年輕，不只是外型，氣質也不成熟穩重。

「咦？不過，昨天久保教授不是已經驗過了……有什麼問題嗎？」

「久保想到一些值得在意的事，但他沒時間，所以我替他來。你們要是不相信，也可以派一名書記在旁邊監視我啊？」

他語帶挑釁，即使我只是旁觀者，也被勾起反感。在場的人，沒有不想破案的，大家都想找出殺害少年的凶手，為何說這種話？難以置信的是，他明明不是警察，卻沒人跳出來請他放尊重點！難道是我們的警察體系太尊重專業，不敢說話嗎？

「啊，也不是不相信，不過……不，沒什麼，那麻煩金關先生了。岸本，麻煩你帶金關先生去看昨天那具屍體好嗎？」

叫岸本的警察有氣無力地應了一聲，沒馬上站起。

「請等一下。金關先生，為何不讓我見鬼海哥哥最後一面？」

少女大聲叫住金關丈夫。那個岸本才剛站起，聽了這話，居然又慢慢坐回椅子上了。警察們盯著少女，像看著珍禽異獸，想必是覺得她沒有資格叫住這位解剖學教授吧？但她看著解剖學教授的神色，卻像他無足輕重；少女天真的率直讓我坐立難安，金關回過頭，盯著她，不懷好意地笑。

「你是本島人對吧？我聽口音就知道了。」

「是，但我從小就認識鬼海哥哥……」

「本島人跟內地人裝什麼友好啊？」

金關打斷她的話，像教訓自己小孩般痛斥她。

「要是我沒拆穿你，你打算繼續假裝自己是內地人嗎？你想假裝到什麼時候？跟死人見面毫無意義，你是沒有活人可找了啊？更別說你還偽裝自己！你騙得了別人，騙不了我，無論你有何目的，我不會讓你得逞，滾吧！」

他對著眼前身分不對等的本島少女發出怒吼，不客氣的態度令我惱怒，我終於按捺不住，踏出一步抗議：

「她是本島人又怎麼樣了！」

「你是誰？關你什麼事？」

金關瞪著我，我頭皮發麻，全身不自在。

「我是誰不重要，但不能說不關我的事，嗯，那個，我是屍體的第一發現者。」

「喔，那你是犯人嗎？」

「啊？等等，這跟是不是犯人有什麼關係啊！」

金關哈哈大笑，十分刺耳。

「你不是犯人，就與你無關了，對死者來說，你比路人還遙遠；這裡沒有你說話的餘地！喂，那個叫岸本的，你還坐著嗎？快起來！還有，把鬼海身上的遺物清單給我，你們把遺物還給家屬了，或還在這裡？無論如何，給我拿過來。」

跟登場一樣，金關離開時也像一陣風，只留下不由分說的羞辱。我咬牙切齒，腦中盡想著要如何反駁金關最後的話，但他已經走了。剛剛那半分鐘，真是徹底摧毀我對「金關丈夫」這四個字的尊重！少女可憐兮兮地留在原地，她呆著站，似乎不知所措，默默轉身。我忽然升起一股衝動，將所有憤怒拋到一旁，問做筆錄的警察：

「筆錄結束了嗎？」

「嗯……差不多了，這只是形式上——」

「那我走了。」

「欸，等一下，請你在這簽名。」

警察指著一個欄位，我也沒細看，快速拿鋼筆簽下「國分直一」四個字，朝少女離開的方向追去。我來到走廊。

窗外，基隆已下起雨。明明是正午，走廊卻在雨中更加晦暗，那是極過分的暴雨。少女走在陰影中，木屐在大理石地板上敲出的聲音，有如秒針，無法回頭的時間從她腳底溜過。

「小姐，請等一下。」我的聲音在走廊上回響。少女回過頭，外頭剛好劈下一道雷，將她照成純白色，像是幽靈。我走到她身旁，才發現她個子很高，我們甚至能平行對視。我忽然不知該如何開口，有些結結巴巴地說：

「呃，剛剛的事，那個，我很遺憾。也許你沒辦法見到你朋友，但我是發現他的人，所以我想，至少我能說，他看起來很乾淨，沒什麼明顯的外傷，真要說的話，我覺得是美麗的死。」

我在說什麼？真是胡言亂語！即使說出「美麗」兩個字，那真的是青梅竹馬想聽的嗎？我滿臉發燙地沉默了。少女看著我，似乎沒聽懂我的話。

「謝謝你。」她說。我鬆了口氣。

「我就想說這件事，就這樣。」我落荒而逃，但她叫住我。

「請等一下，聽說鬼海哥哥是被殺害的，真的嗎？」

「呃，我不清楚。畢竟沒什麼外傷。我想是有人棄屍在那裡，但是不是殺害，或怎麼殺害，我說不上來。唯一讓我感到奇怪的，就是他整張臉發黑，看起來很不自然。」

「臉上發黑！」她掩口驚呼。

「是啊，金關先生驗屍後應該會知道原因吧？但看他那種態度，我想他是不會對我們說的。」想到金關的態度，我再度憤慨起來，不過少女滿臉錯愕，似乎「臉色發黑」對她造成不小的震撼。我正要問，她已向我道謝，轉身離開，我只好尷尬地揮揮手。轉角前，她低聲用臺灣話說了一句：

「××××池府王爺？」

我大吃一驚，為何她會說到「池府王爺」？這四字雖是臺灣話，但我聽石先生說池王爺故事時，特別重複了幾遍，不可能聽錯。

「喂！」

我連忙叫喚她，但她已彎過轉角，我追上去，卻沒見到人。她到哪去了？窗外雷雨交織，難道是消失在雷雨中？我閃過這個奇怪的念頭。池王爺——我想起自己睡前的聯想——少年的死法跟池王爺一樣。本來我以為那是胡思亂想，難道不只是如此？那名少女到底知道些什麼？

我追到警察署門口，都沒見到她。警察署對面就是基隆神社。義重橋山從港的方向緩緩升起，長長的參道彼方，神社就位於山腰，在迷霧般濃烈的暴雨中隱沒了蹤影。遠方的港也不見了，那整排的倉庫、進港的汽船、數層樓高的大型機具，都消失在潔淨的蒼白。雨水傾注，從門口噴濺進來，我不過站著觀望幾秒鐘，褲腳已濕了大片。

少女消失了。

找不到她，讓我心急如焚。如果我會講臺灣話就好了。不，如果施君聽到，他一定懂！

我連忙拿出紙筆，蹲在警察署門前，憑回憶用羅馬字記下發音。

雨聲綿延不斷。早上陽光照耀的熱能，被地面吸收，如今一口氣冷卻，帶來蒸籠般的氣息。嘩啦啦的，一名男子穿越這片蒼白，撐著傘走進警察署大門，雨水從傘簷滴下，在地板上發出稀哩哩的聲音。明明空間足夠，我還是本能地站起來，往旁邊讓了讓，方便他通過，男子對我點頭微笑，將傘收起。

「沒帶傘嗎？」

他和善地向我打招呼，我一時沒發現他在跟我說話，回過神才說：

「啊，對，我來的時候沒下雨。」

我將紙筆塞入口袋。

「我了解，之前來基隆，也被大雨困住，不得不躲進山洞。有時雨就是這麼突然。山洞可不好受啊，雨水或地下水穿透進來，潮濕得不得了。無論是夏天或冬天，那股濕氣都糟透了。您是來報案的？」

我還在想他說的「山洞」是怎麼回事，是指仙洞嗎？基隆還有其他山洞？這麼一說，好像社寮還有個蕃字洞。光顧著想這些問題，被他這麼一問，我下意識地答：

「不，我是來做筆錄的。昨天我跟朋友在仙洞防坡堤發現屍體，警察叫我們今天再來……」

說到這裡，我就後悔了。

無論眼前的男子是來做什麼，都不會想聽跟屍體有關的事吧？何況，這本就不是該到處說的事，太不謹慎了。我正苦惱著要怎麼漂亮收尾，男子卻露出驚喜的表情。

「啊！是報上的那件事吧，你是第一發現者？哎呀，實在是巧，老實說，我就是為此事而來。你可以等我一下嗎？既然你沒帶傘，等我辦完事，可以送你一程。」

「你說你為此事而來？」

「是啊！喔，抱歉，你一定很困惑，請容我解釋一下。是這樣的，我發現了一件關於死者的事，警察跟記者似乎都還沒發現，或不打算公開，總之，這引起了我的好奇，所以想私下調查。」

「什麼事啊？」我也被勾起了好奇心。

「你也有興趣嗎？那請你先看一下這個。」男子把手伸進公事包裡，我這時才仔細打量他。他看來將近四十歲，梳著整齊的西裝油頭，明明是夏天，卻穿著長袖襯衫，外面加上質料高級、有些陳舊的西裝背心，很有紳士的派頭。手上的公事包，也看得出長年使用的痕跡。他從裡面拿出一本雜誌遞給我，那是七月號的《臺灣文藝》，上個月月底發行的。

「——啊！」

我猛然想起在哪見過「鬼海守」了！

《臺灣文藝》是幾年前由臺灣文藝聯盟發行的雜誌，因為很多臺灣文人參加，聲勢浩大，雖然去年楊逵退出，對文藝聯盟造成打擊，但仍是臺灣最受人矚目的文學雜誌。去年佳里醫院的吳新榮醫師等人也在北門郡發起臺灣文藝聯盟的佳里支部，這是臺南文化圈的大事，我雖沒文學根基，每個月也購買以示支持，並推薦給自己學生。

雖然臺灣文藝聯盟是由本島人發起、主辦，但也有內地人投稿，而這位「鬼海守」，就在七月號的《臺灣文藝》上刊載一篇標題為〈河清海晏〉的小說！內容描寫就讀臺北一中的本島人陳海晏，跟學長鬼海守、美術教師村上英夫間，不知算不算愛情故事的作品。

「看你的反應，應該看過那篇小說了吧？」

「這篇小說的作者，就是昨天的死者嗎！」

「有可能，名字跟學校同時吻合的機率太低了。就算作者不是死者，是借用他的名義，也一定認識死者。」

這太混亂了。我本來沒想起，是因為我把「鬼海守」當筆名，畢竟，鬼海守也在那篇小說中登場，若不是筆名，豈不就是紀實文章？我不清楚臺北一中校風，但這樣涉及學生與老師私生活的文章，要是真有其人，學校不會採取行動嗎？總之，我沒想過「鬼海守」真的存在——

忽然間，我意識到這層聯繫何等神祕。

我與施君會來臺北，就是為了處理池王爺的詛咒，從西川先生那裡拿回祖傳鑰匙。而現在，鬼海守的死似乎與「池王爺」有某種關係，更重要的是，〈河清海晏〉那篇小說中，就提到兩把來歷不明的鑰匙！雖然小說裡未出現池王爺，只出現媽祖，但這篇小說跟施家的池大人詛咒，看來確實有某些不可思議的聯繫；這是巧合，還是背後真的有些什麼？

「您打算怎麼做？」我問。

「其實也沒什麼，就是打算調查死因。《臺灣文藝》發刊不久，鬼海守就遇害了，無論他是不是作者，兩件事可能有關。或許某人看到這篇小說，起了殺機。但具體的手法，還是要從死因開始。」

「那你可能無法問到想知道的事。上面有個很討厭的人，叫金關丈夫，你要是問他，大概什麼都不會說吧。」

「什麼？金關丈夫？」男子張大眼瞪著我，彷彿聽到什麼怪異之事。看他的表情，我忽然心感不妙，他不會認識金關丈夫吧？但轉念一想，我覺得自己又沒說錯，剛剛金關丈夫的行為確實討厭，我怕空口無憑，遭人誤會，連忙補充剛才的事。

「警察就這樣讓他驗屍？」男子不敢置信。

「是啊。」

「他還說要看死者的遺物清單？」

「是這樣沒錯。」

男子閉上嘴，像在思考什麼。我忍不住問：

「抱歉，請問您認識金關丈夫嗎？」

「啊，當然，我知道他。不過要說是久保先生請他來幫忙驗屍，我感到奇怪。畢竟金關先生的專長不是法醫學。他確實協助警方過，但那是因為他的專長在骨科，又略懂人類學，本島特殊的風俗，有時會影響到骨骼狀態，譬如說，吃檳榔可能造成牙齒變色、變形，嗑瓜子也會讓門牙出現V形切痕，這在鹿港很常見。支那系臺灣人有洗骨與滴血認骨的風俗迷信，可能造成死後骨頭染色。這些問題，是金關先生的專長。但昨天的屍體有這種需要嗎？」

「這我不清楚，我還以為昨天屍體最需要確認的，是臉部變色的原因。」

「屍體的臉部變色了？」

「是啊。」

男子眉頭因思考而深鎖，他有著學者般的氣質，這樣的臉，總覺得應該出現在學院裡面，我看著他，不禁恍神。男子忽然開口：

「啊，失禮，忘了自我介紹。敝姓林，名熊生，敢問尊姓大名？」

「我姓國分，國分直一。」我說。原來這名男子是本島人嗎？我有些意外，畢竟他的國語非常標準。施君也是受正式國語教育，但還是有些口音，這位林先生卻完全沒有。

「國分……咦？難道您就是在《臺灣教育》上，發表那篇〈關於感生卵生傳說〉，任教於臺南高等女學校的國分老師？」林先生忽然熱情起來，握住我的手，我滿臉通紅，想不到竟遇上看過那篇論文的讀者，默默點頭。

「哎呀！幸會幸會，我真的很喜歡您的切入點！您說日本、朝鮮、支那在古代的文化交流，體現在傳說上，我大感認同！事實上，臺灣也很可能在這個文化交流體系中占一席之地，你知道臺灣有『死貓掛樹頭』的風俗嗎？琉球也有。所謂的文化，其實不受近代的國家觀念束縛，連海洋也無法隔絕。」

林先生侃侃而談，我內心升起一股難以言喻的感動，意識到他讚賞〈關於感生卵生傳說〉並非客套話。不只如此，他也有相關的學術背景，我有了他鄉遇故知的親切感。

「希望我們有更多時間討論！不過國分老師，現在我想請您幫個忙，我改變主意了，就不進去找警察。不過我有問題想直接問金關先生，可以請您在這邊陪我，等金關先生出來時，指給我看嗎？畢竟我沒見過他，怕就這樣錯過了。這段期間，我們可以先聊聊別的事。」

我答應了他。

林先生是位博學多聞的人，事實上，沒聊多久，我就拜倒在他的學識之下。我說到對考古學的興趣，他立刻歡欣鼓舞，說起自己對臺灣考古發展的看法；雖然伊能嘉矩、鳥居龍藏來臺灣時，就已發現一些史前文物，但稱不上有規模的考古調查，能稱得上正式的，是移川子之藏在墾丁的挖掘，那不過是六年前的事。

「國分老師，您對考古有興趣，絕對稱得上適逢其時！現在正是需要考古人才的時候，在這個時間點加入，一定能在臺灣考古學史占一席之地的。」

「林先生也參加過考古挖掘？」

「之前基於私人興趣，在臺灣做過一些調查，不過稱不上正式。我是有想過在臺灣中部進行調查，但還在規劃，如果能成為正式的挖掘，當然是最好的。」

我問他的計畫，說是在埔里一帶，我則說起自身經驗。其實在臺南任教這段期間，我也積極調查，逐漸知道哪裡可能有史前遺跡，也在海邊砂丘發現了不少貝塚。林先生對我的經驗大感興趣，問了許多細節，不知不覺間，外面的雨已經停了，暖洋洋的潮潤空氣徐徐流瀉進來，有如春天，基隆神社靜靜座落在對面山腰，發出樹葉上露珠般的光澤。我們在警察署裡聊得忘我，忘了原先的目的。

此時，金關丈夫掃興地登場。我向林先生比了個手勢。

「金關先生！在下林熊生，這是我的名片，有事想向您請教。」林先生一個跨步衝出去，就像拔刀的劍士一樣。金關從他手上接過名片。

「你……你是……」金關看著名片，臉色劇變，驚訝到說不出話。

「如您所見，敝人的身分就如名片所示，所以有十足的資格向您請教，還請金關先生不吝賜教啊。」林先生笑笑地說。我目瞪口呆，難以置信，剛剛還囂張跋扈的金關丈夫，現在竟沒半點強硬的氣勢，到底名片上寫了什麼？金關凝視名片，抬起頭。

「你說你是林先生？其實，我不明白你有何必要搞這種把戲，但你有什麼問題，問吧。」

「很簡單，我想知道鬼海守死因的詳情。金關先生是堂堂帝國大學解剖學教授，不可能不清楚吧？」

金關揚起眉，彷彿有滿腹的話要脫口而出，最後卻只是淡淡一笑：

「告訴你也無妨，反正你若自己去調查，結果是一樣的。鬼海守是中毒而亡。他生前嘔吐過，嘔吐物有部分流入鼻腔，口腔內部也有殘留，同時大小便失禁，看來是毒性引發肌肉麻痺的症狀。雖然檢驗結果還沒出來，但死於河豚毒素的可能性很高。」

「河豚毒素嗎……還真是具象徵性的毒殺。但聽說死者臉部有黑斑，河豚毒素應該不會造成這種現象。」

「嗯，不錯，那是屍斑。」

「屍斑？集中在臉部？」

「其實不只臉部，但穿上劍道服，確實只能看到臉吧？我就直接說結論吧，這是刻意為之的。死者手腳有捆綁的痕跡，根據勒痕方向，可以判斷是以哪種方式捆住，恐怕是手腳都懸在空中，但下半身較高，讓屍體面部朝下，處在最低點。換言之，屍斑集中在臉部與前胸是刻意的結果。且不論如何中毒，這個姿勢，死者絕不可能自己做到，肯定有犯人存在。」

「而犯人很可能就是棄屍在海岸的人。原來如此，還真是不合常理。下毒之餘，還以異常的方式捆綁，棄屍也不徹底，為何有這些多餘難解的行為，真耐人尋味。」

「是嗎？我倒覺得理由很明顯。林先生，我能幫你的就是這些了，你要是不信，現在自行上去調查也行。但那是浪費時間，我不會阻止你。後會有期。」

金關走下樓梯最後兩階，林先生喚住他：

「請等一下，還有最後一個問題。您找到鑰匙了嗎？」

金關猛然轉頭，驚訝地看著他。

「你是怎麼……原來如此，你也看過那篇小說了。呵，真不知該說奇遇，還是不遇了。」

「或許各占一半吧，您的回答是……？」

「林先生，我誠心地給你忠告——還是不要繼續追查鑰匙的事比較好。要找出犯人，請便，但若執著於鑰匙，恐怕會給你帶來意想不到的命運。是幸運還是厄運，還未可知，但背負著不必要的命運是很辛苦的喔，請你把這番話放在心上。」

金關丈夫說完，風一般地轉身，無視我的存在，直直走出警察署大門。林先生看著他的背影，「嘖嘖」兩聲，吐了一下舌尖，揚起微笑。我被剛才的對話震驚到無以復加，雖然好奇名片的林先生到底是何身分，但我馬上走向他，問了更想知道的問題。

「林先生，您太厲害了吧！您是怎麼知道他要找鑰匙的？」

「不不，我只是猜測。但這不難猜。如果他真是來完成久保先生未盡的工作，怎麼會需要看遺物？但他問遺物的事，還要警察拿給他，因此我馬上想到，驗屍只是幌子，調查遺物才是他的主要目的。但問題來了，為何他想調查遺物？早上的報紙，完全沒提到遺物的事，無法引起動機，要不是那位金關丈夫早就認識死者，就是另有原因引誘他來，因此，我想到那篇小說。小說最後，陳海晏似乎死了，但他身上的鑰匙留下來，那把鑰匙最後去了哪裡，沒有交代。這會不會就是動機呢？這才順口一問。說到底，只是運氣好罷了。」

「怎麼會是運氣？我就沒想到這些啊！」

「國分老師，請您別妄自菲薄，您沒想到，只是您跟我站的位置不同，看到的角度也不同罷了。啊，雨停了，我還能送您一程嗎？畢竟與您相談甚歡，而且昨天發現屍體的事，我有問題想問。雖然對方給了那樣的忠告，可我是頑劣之徒，被那樣提醒，我反而管定了。」

「當然可以，其實我也有事想跟林先生說！」

那時，我對林先生的崇拜，已難以言喻，只想將心裡的疑問一口氣向他說出，期待他像名偵探般閃電說出精妙解答。於是回船越旅館的路上，我將自己跟施君來臺北的始末全盤說出，就連兩年前施家的天狗騷動，也鉅細靡遺地向他交代。他一路上靜靜聽著，表情豐富，又是點頭，又是苦笑，偶爾蹙起眉微微搖頭。最後嘆了口氣。

「真是辛苦您了，國分先生。不小心被捲入這件事，對您跟那位施君來說都是災難啊！」

「林先生，您認為這兩件事是巧合嗎？鬼海守的小說，還有池府王爺的詛咒。」

「這個嘛，確實有些難以無視的聯繫，但在此之前，對您剛剛轉述的故事，我有疑問。您說，兩年前，施天泉君初次遇到西川先生時，西川先生在運河邊調查『死狗放水流』的民俗？」

「是啊。」

林先生點了點頭。

「而施君是在鐵道大旅館門前遇上西川先生。」

「我聽說是這樣。」

「那麼，要是我想得不錯，早上出發前往臺北的施君，將會帶回一件意外的消息吧。」

林先生嚴肅地說。這是什麼意思？我連忙追問，林先生簡單說出他的推理——我啞口無言！也開始擔心起一個人去臺北的施君，當初是不是該與他一同前往呢？幸好回到船越旅館後，施君已經回到房間。

「國分先生，你終於回來……請問這位是？」

「這位是林先生，我等一下再介紹。施君，你見到西川先生了？」

「我正要說這件事。」施君帶著愁容，彷彿有滿腹的話要說；我忽然有種預感，他要說的事，將完全吻合林先生的推理。

「我不知道該說見到還是沒見到。總之，我到臺灣日日新報報社，說要找西川先生，報社的人也安排我見他，但才見到他本人，我就傻了！因為眼前這位西川先生，根本不是我兩年前遇到的西川先生啊！那兩年前拿走我們家鑰匙的，到底是什麼人？我搞不清楚了！」

果然如此！我既驚訝、又興奮地望向身邊淵博的友人，但他沒露出半點得意之色，只是沉默地點頭，帶著嚴肅與同情。

●

「我知道西川先生，也大概知道他的經歷。」

林先生向施君說起他的推理。

「西川先生是在本島長大的，他三歲就在臺灣，後來回內地求學，雖然返回本島確實是兩年前的事，但在此之前，也在本島待到了十八歲。這麼長的時間，要說從未親眼見過『死狗放水流』，總覺得難以想像。因此我靈機一動——該不會是為了讓施君相信他是對本島民俗有興趣的內地人，才刻意演出這一幕吧？但為何要演出？他為何要取信於施君？我想到一種可能：或許他並非西川先生本人。若是如此，他在鐵道大旅館門前攔截施君的理由就很明顯了，這是為了避免施君跟真正的西川先生見面。明明已在臺南下榻，為何跟施君見面，卻不約在旅館房間？還是涉及家族隱私的事，未免不夠謹慎。若不是本人，理由便清楚了。」

「但，這不是有風險嗎？譬如說，要是我主動說在旅館見面呢？」施君有些慌張，或許是事隔兩年才發現西川先生不是本人，深受打擊吧。

「這倒是小事，方法很多。找個說詞推託，像自己因旅館方的意外，可能要換房間等等，都在情理之中。本來我也不確定自己的想法是否正確，因為這會帶來一個問題，但既然當初的西川先生確非本人，我們就只能這麼想了。」

「林先生，您說會帶來什麼問題？」我問。

「在施君的故事中，西川先生跟吳老師顯然有不少交流。雖然這只是他單方面的宣稱，但至少有一點無法迴避；施君與西川先生會面，是透過吳老師的引薦，那施君沒去找他，西川先生應該會向吳老師抱怨吧？那麼，消息應該也會傳回施君耳中。但事情並未如此發展……不過，也不是無解。」

「啊！是有人假冒我去見真正的西川先生了吧？」施君震驚地站起，一臉悔恨，「說不定就是那位假冒的西川先生。他看來比我大，但外表跟真實年齡本就可能有落差，只要他拿著吳老師給我的紙條，西川先生也沒道理懷疑。」

「正是如此。只要稍動頭腦，就知道方法多的是；也不用親自見，寫一封道歉信取消這場會面就好了。不過令我困擾的是，既然西川先生被冒認是事實，就引出一個大問題：能實行這個計畫的人，一定知道施君要與西川先生見面，甚至知道時間地點。而除了西川先生外，似乎只有吳老師知道，他會告訴誰？」

「該不會，吳老師自己就是共犯，或是主謀吧？他知道我家有這個佛盒，如果早有這個意思的話……！」

「這切入點很聰明，但我不這麼想。如果吳老師是犯人，就沒必要中途攔截，他大可找一個更能掌握的地方，像自家醫院；總之，多的是更精緻的做法。說到底，施君最初就是在公開場合跟吳老師談及此事，不能排除被其他人聽見的可能。」

聽到吳新榮先生不是犯人，我鬆了口氣。其實有這麼一瞬間，我心中也閃過跟施君相同的懷疑。吳先生在文化人間也算有名，若他當真騙走施君的傳家物，還真不知該怎麼面對他。不過現在的謎，不只當年的真假西川滿。

「施君，其實還有其他不可思議的事。」我說，並將剛剛在警察署的見聞告訴他，包括鬼海守的小說裡提到神祕鑰匙，他本人奇妙的死法，以及本島少女臨走前拋下的臺灣話。施君越聽越難以置信。

「國分先生，你是說，我們昨天發現的死者，居然跟池大人的詛咒有什麼關係？這也太巧了！」

「我也不確定是否有關，但那少女確實提到池府王爺，所以我想問施君，那句話到底是什麼意思。」我將那張記著拼音的紙拿出來，施君接過觀看，眉頭越皺越深，我忽然了解他臉色背後的意涵。

「國分先生，你這個⋯⋯」

「我知道！別說了，我只聽一次，還是憑記憶寫的，你就原諒我吧！」我未戰先怯，揮手求饒。其實記錄時我就有些心虛了，但實在太想知道那句話的意義，就算對準確度沒自信，也想記下。施君盯著紙條，面有難色地喃喃自語，搜索可能的詞彙。

「⋯⋯國分先生，你聽到的，是『敢講真正是愛揣池府王爺』嗎？」

「那是什麼意思？」

「『難不成，真的是要找池府王爺』的意思。」

果真如此！我毛骨悚然，如果少女真的這麼說，就表示她認為鬼海守死後的「黑臉」與池府王爺有關！施君顯然也想到這事，但比起發現其中聯繫的興奮，他更像是疲倦與無奈。

「唉呀！原來如此，那句話是這個意思。」林先生忽然拍著大腿嚷嚷，我嚇了一跳。

「林先生，您發現什麼了？」

「喔，沒什麼。我只是在想，那名少女一定知道些什麼。我滿好奇她這麼說的根據。如果能找到她，相信許多問題都能迎刃而解。」林先生語帶保留，但從他神祕的微笑看來，他還藏著什麼沒有透露。

「但這兩件事真的有關嗎？」施君大聲說，用幾近抗議的口吻：

「雖然都提到鑰匙，但也可能是巧合。鬼海守死因的意義，不過是那名少女單方面的說法。說到底，如果鬼海寫到的鑰匙當真跟池大人的詛咒有關，怎麼可能不出現池府王爺？還是要說，媽祖跟池府王爺都是本島神明，所以媽祖出場也算勉強過關？那可不能說服我，畢竟本島神明這麼多，更可能是偶然吧！」

施君的話如一桶冷水，但我也冷靜了下來。從剛剛開始，我便因為那名陌生少女的話與奮不已，但也可能只是我一廂情願，畢竟我連她到底說了什麼都不是完全肯定。林先生坐在椅子上，手肘抵著桌子，雙手抱拳托著下巴，忽然開口：

「施君，我想你誤會了。」

「誤會？」

「因為你沒實際看過〈河清海晏〉，只聽我跟國分老師轉述，才執著於媽祖。但在這篇小說中，與神祕鑰匙聯繫的，與其說媽祖，不如說是『水』。」

「什麼意思？」

「最初陳撿到鑰匙的地方，就是水潭。雖然這次是在媽祖祭典當天撿到，但後來他又見到另一把鑰匙，是在去年大地震後的沼澤邊，顯然與媽祖無關。」

「但也沒有太大差別，據我所知，池大人是瘟神，身為海神的媽祖就算了，池大人怎麼會跟水有關？」

林先生笑了，但不像在嘲笑施君，彷彿早已料想到有這番話，他望向我：

「國分老師，您覺得呢？池大人跟水有無關係？」

這個問題讓我措手不及，為掩飾心中慌張，我裝作思考走到窗邊。池大人與水有無關係？這個問題，等於問瘟神與水有沒有關係。我不敢說有多了解瘟神，但在做民俗踏查時，確實見過不少王爺廟，即使沒進去，也知道有。這麼說起來，臺南沿海村落，尤其是過去倒風內海一帶，有許多王爺廟，為什麼呢？既然在海邊，祭祀海神媽祖就算了，為何也有這麼多王爺廟……？

「我不確定有沒有關係，不過南臺灣似乎有許多王爺廟在水邊？」

「正是如此。不只南臺灣，這裡也是，仙洞町、社寮町都有王爺廟，過去在哨船頭，也有主祀池府王爺的老爺廟。」

仙洞也有王爺廟？有股寒意從腳底淹上。當我們發現屍體時，不遠處就有瘟神大人正看著嗎？俯瞰著生人與死者的祂，那時是怎麼想的？尤其是，那位死者的臉色，還有如池府王爺……不不，我在想什麼，王爺明明只是本島人的民間幻想！

「為何會這樣？」我問。

「你們知道本島有建醮送瘟的習俗嗎？據《臺灣府志》記載，過去沿海地區，會將紙製的王爺神像放在船上，送入海中，連同瘟疫一起帶走，稱為『王船』，如果漂流在海上的『王船』在某個村子靠岸，必將帶來瘟疫，那個村子也要用同樣的方法將瘟疫送走。據說以前曾有荷蘭人在海上遇見不明船隻，以為是海盜，就開砲轟擊，天亮之後，才藉著天光看見滿船紙糊的神像，五彩斑斕，荷蘭人大驚失色，沒過幾天，船上大半人便死於疾病。在王爺信仰中，『船』這個形象如此強烈，自然不會跟水沒有關係。」

我毛骨悚然，林先生說的荷蘭人故事歷歷在目，連他們見到紙糊神明的恐懼之情，也透過想像在我肌膚上刮出一層雞皮疙瘩。對啊，我是聽過「送王船」這種習俗，但居然直到此刻，才驚覺王爺似乎真的跟水有關。

「但瘟神怎麼會跟水有關？」

「這只是我的想像——其實瘟疫本就不是與水毫無關係。從醫學的角度看，水是很好的致病媒介。此外，有人認為，過去在歐陸肆虐的黑死病是一種鼠疫，老鼠鑽進船隻被送往遠方港口，使黑死病散播得更遠。擴散性本就是瘟疫恐怖之處。有些人上船前還好好的，途中才發病，船上乘客無處可逃，被迫處在高風險環境中。如果聽說船上有疫情，碼頭很可能禁止船隻登陸，長達幾十天，這對船上或岸上的人來說都是恐怖的折磨。船隻會帶來瘟疫，或許就是瘟神與水域結合的原因之一。當然也有更簡單的解釋，『送王船』是請瘟神將瘟疫帶走的儀式，如果瘟疫無法消滅，只能轉移，那流放到無邊際的大海，便符合生活直覺。除此之外，瘟神還與水有著相似的特質。」

「相似的特質？」

「是的，那就是恐怖與恩賜的兩面性。水帶來生命，帶來豐富的漁獲，對早期人類來說，是主要食物來源。國分老師也很清楚吧？貝塚這種史前遺跡，就是大量食用貝類留下的。但與此同時，水也是致命的，即使發展出長足的航海技術，也未必能從不可捉摸的大海全身而退。這種兩面性正與瘟神類似——」

「因為祂們一方面帶來瘟疫，一方面又驅除瘟疫。」我呻吟般地感慨，確實，石先生就說過這種兩面性。

「可是，如果說水跟瘟神的聯繫，就是水的兩面性，那為何身為海神的媽祖反而沒有？媽祖從來只有救人，沒有害人吧？」施君有些不安，他似乎不擅長這種話題。

「是的，我猜這與媽祖傳說的起源有關。不過施君，媽祖可不是唯一的海神，你知道『水仙尊王』嗎？雖然不明顯，我認為水仙尊王也在某種程度上反映了這種兩面性……以臺南的水仙宮為例，你們知道裡頭的水仙尊王有哪幾位？」

「您是說永樂町的水仙宮？我只知道主祀大禹，其他就不太清楚了。」

「不錯，主祀的大禹，在支那歷史上有治水功績，這種以人力對抗自然的精神，延伸為航海安全也很自然。但廟裡配祀的水仙尊王，如伍員、屈平、王勃、李白等人，又是什麼人呢？伍員是春秋時的吳國大將，吳王夫差賜他自盡後，將他屍體丟進錢塘江。屈平是楚國名臣，被流放後，投汨羅江自盡。王勃是唐國文學家，死於船難。李白則有撈月而亡的傳說——這不是很奇怪？這些應該保佑人民行舟平安的水仙尊王，居然大部分是死於水中！與治水的大禹截然不同。」

原來如此，是這樣的兩面性啊！同樣是水仙尊王，治水帶來秩序，是人類文明的勝利、自然的臣服；而溺死，則是自然的反撲，揭穿人類的脆弱與無能。但我有些疑問，就算溺水而死，水仙尊王仍然不具帶來災厄的恐怖性質，與瘟神不同啊？我提出這點，林先生點了點頭：

「正是如此，所以我才說只是某種程度上。以我淺薄的觀點，這應該與支那風俗有關。支那人相信橫死者作祟，其中包括溺死者，而為了避免作祟，最快的方式就是建廟平祟，本島常見的有應公、姑娘廟，就是此類。本來騷動的惡靈，透過祭祀轉化成神，甚至可能看不出惡靈的痕跡；我認為，那些成為水仙尊王的溺死者，已經歷過這個轉化過程，若是承認這點，就表示祂們曾有著惡靈屬性。水仙尊王不作祟，並非祂不具有這種兩面性，而是其作祟的一面，已受到祭祀壓制了。」

「原來如此，這聽起來，似乎有點像荒魂與和魂？」

「很好的觀察，不愧是國分老師。日本神靈最初以殘暴的荒魂型態出現，但透過祭祀，就以和魂型態帶來恩惠，那並非不同神靈，而是神靈的兩面。說起來，神就是這樣的存在吧！既慈愛，又殘暴，西方的上帝不也如此嗎？考驗亞伯拉罕、折磨約伯、在地上降下四十天的大雨、還毀滅了所多瑪與蛾摩拉，但神子耶穌卻說要愛你的鄰人，愛你的仇敵——根據三位一體，祂們可是同一位存在。」

林先生流暢的演說，讓我激動又滿足，但仔細一想，又感到難以言喻的恐怖；如果事情真如林先生所說，就表示〈河清海晏〉這篇小說即使沒半點瘟神的影子，但透過「鑰匙」與「水」，池大人有如隱而不現的黑幕，直到鬼海守那奇特的死狀被發現，才將伏線揭露出來。

是誰殺了鬼海守？為什麼？將屍斑集中在臉部，是為了模仿池府王爺嗎？若是如此，不完全的棄屍也能得到解釋，犯人不是要毀屍滅跡，反而是希望被發現，將屍體裝飾成不可思議的樣子，就為要展示給某人看，要傳達某個訊息。問題是，是展示給誰看……？

啊。

我忽然想起警察署裡，金關丈夫對林先生說的那番話；當林先生對犯人多餘的行為感到不解時，金關丈夫卻認為「理由很明顯」——他知道那種殺害方式有展示的意圖！而且他顯然知道鑰匙的事，他到底還知道什麼？

「林先生，您說池大人與水的關係，我已經明白了，但我還是有些存疑……為何那鑰匙如此不祥的事物，會在媽祖祭典當天撿到？難道媽祖大人容忍這種邪惡嗎？」

「施君，那鑰匙是不是邪惡，恐怕還言之過早。」

「難道不邪惡嗎？」

「我無法回答這個問題。還不確定鑰匙意義的當下，我想不到什麼非阻止不可的理由，反過來說，媽祖睜一隻眼閉一隻眼的理由，倒能想到很多。本來，媽祖與王爺就不是徹底無關的。」

「怎麼會呢？就算王爺跟水有關，也不一定跟媽祖有關，說到底，海神與瘟神的性質就天差地遠啊！」

「從這點上就錯了，施君。」林先生嚴肅地說，「民間故事有著變動性，神明的能力也是，所謂瘟神與海神，只是粗略的分類，無法直指其本質，雖然找上您先祖的池大人是瘟神沒錯，但本島也有許多王爺並非瘟神。譬如剛剛提到的哨船頭老爺廟，還有淡水的水陸廟，其王爺就是海神。就連南臺灣最神威顯赫的『南鯤鯓代天府』，也說『大王好日子，二王好潮水，三王好地理，四王好籤詩，五王好脈理』，對付瘟疫不是唯一的神能。反過來說，理應是海神的關渡宮二媽，有驅除瘟疫的能力，這些都反映出民間需求與傳說變化，不能一概而論。」

「原來如此……抱歉，我太不了解了。畢竟遇上池大人的詛咒前，我受的教育，一直將這些視為迷信在厭惡。」青年慚愧地說，似乎想找個洞藏起來；真諷刺，他竟是為自己受的高等教育而羞愧！但我也能理解，畢竟，我似乎也陷入了某種不可思議的妄想。起初，我不相信池大人的詛咒，不，即使現在也不相信，但池大人或許與某個殺人動機有關，這樣荒唐的事，我竟在不知不覺中接受了。我究竟是何時陷入這種非現實的泥沼中？

轟然一聲，我腦中閃過那位消失在雷雨中的少女。

「不必妄自菲薄，施君。我還很無知啊。」林先生溫柔地說，「實不相瞞，我也是受科學至上的帝國現代教育長大，這些本島民俗的事，是近幾年慢慢累積的。即使如此，也還遠遠不足；龍山寺有位曹老人，許多關於臺灣民俗的事，都是他告訴我的，他才是真正的專家！像我起步這麼晚的人，都可以小有成績，只要有心，施君一定能成為比我更有研究的專家。」

「林先生，那現在我們該怎麼辦呢？假使池府王爺——無論祂是以怎樣的關係——藏在〈河清海晏〉背後，我們該怎麼做？施君能找回他祖傳的鑰匙嗎？」

林先生瞇起眼，這動作有點像貓，雖然外表看不出來，但他的腦筋正在高速運轉吧！我暗自希望他能說出讓人雀躍的話，但他表情嚴肅陰沉，最後嘆了一聲：

「坦白說，機會不大呢。」

「果然。」施君一臉沮喪，「畢竟只有找到當年假冒西川先生的人，才可能找到鑰匙，但我們毫無線索。」

「是的。就算鬼海守之死與池府王爺的詛咒真有某種聯繫，也無法保證能找到鑰匙，雖說如此，可能性並不是零。我有預感，如果繼續追查這個事件，就會遇到當初假冒西川先生的人。」

「欸？為什麼？」我問。

「只是預感而已，無法保證啊！當然，這份預感是有理由的，但現在還不方便說。施君，你認為呢？如果是一場接近無望的探求，你還打算涉入其中嗎？」林先生看向年輕的友人，這位本島人皺起眉，因思考而抿著的嘴唇微微蠕動，他拍撫膝蓋，焦躁不安。

「我決定了，林先生。本來，我就沒期望能拿回鑰匙，畢竟西川先生不給，我也無可奈何。其他事還很難說，但鬼海守遇害這件事……從我跟國分先生看到屍體的那一刻起，就無法脫身了，既然意識到背後可能的聯繫，我就不能當作沒看到。如果追查到最後，能知道那鑰匙到底是什麼，我們家族究竟處於怎樣的因果中，也算了卻一樁心事。」

施君越說越慷慨激昂，林先生點頭。

「好氣勢。兩位請聽我說，現在我們現在正處在一個奇妙的狀態。一般來說，事件是從調查開始的。有謎團，經過調查，隱藏的祕密浮現，合理地連結在一起，才有解答。但我們現在已經得到了祕密，也就是〈河清海晏〉與池府王爺的關係。可以說，我們是手握解謎的鑰匙，卻不知道要插入哪個鑰匙孔，為了在黑暗中找到裝著解答的箱子，首先需要調查。兩年前假冒西川先生的是何等人物？其實不是完全沒有方向，如果假冒者是從吳老師那裡得到消息，那只要問吳老師有沒有將事情告訴任何人就知道了。」

「這一點，應該可以直接打電話到佳里醫院問。我等一下就去借用旅館的電話。」施君說。

「好主意，不過那畢竟是兩年前的事，若吳老師記不得，也不必為難他，況且他也可能什麼都沒說。至於鬼海守的事，警察已經做過的，我們不必再做，但國分老師遇見的少女，警察沒能意識到她的重要性。她自稱是鬼海守的青梅竹馬，還說出『池府王爺』這個關鍵，如果能找到她，將大有進展。還有〈河清海晏〉這部小說，是否留下了文本以外的線索呢？譬如說，何時收到稿件？稿費寄到哪裡？這部分，我在臺灣文藝聯盟認識一些人，他們應該可以幫忙。」

「林先生，我想提個意見，要是我們去問金關丈夫呢？」我把剛剛想到的告訴林先生：

金關丈夫知道鑰匙的事，很可能也知道其與池府王爺的關係，若他將知道的事都說出來——

「你的推論很好，國分老師，我也認為那個人一定知道池府王爺跟此事的關係，但你覺得我們去問他，他會說嗎？」林先生笑著問。金關丈夫在警察署中囂張跋扈、傲慢到令人憎恨的樣子猛然浮現，我心裡又怒又好笑。他當然不會！我怎會提這麼蠢的意見？

「放心吧，國分老師。如果我們繼續追查下去，遲早會跟那位金關丈夫正面交鋒的；但在那之前，要先累積籌碼，不然連與他交流都做不到，他根本不需要我們。」

「那我們還能做什麼？我跟國分先生再幾天就要回臺南了，幾天之內，我們不一定能找到那名少女，而臺灣文藝聯盟那邊，也未必真的有線索，雖然也可以延長在臺北的時間……」

「不用擔心，還有最重要的一件事。」林先生站起身，在房裡踱步，「別忘了我們與警察最大的差距，就是我們知道〈河清海晏〉這部小說。還記得嗎？小說裡有三位主要角色，陳海晏死於水中，這是不是事實，還需要調查，但顯而易見的是，作者鬼海守已陳屍海邊，除了他們，還有一個角色——」

「啊！」我拍著大腿彈起身，「還有美術老師村上英夫！」

「正是如此。〈河清海晏〉的真實性多高，到底想要傳達什麼，還需要釐清，但我們的重點是鑰匙。鑰匙真的存在嗎？存在的話，最後到哪去了？甚至更進一步，鑰匙跟池府王爺有何關係？這些問題，也許村上老師可以回答。我認識一些朋友，或許可以查到他住在哪，運氣好的話，今晚就會有消息。」

「林先生，這真是太讓人佩服了！一切麻煩了。」施君起身鞠躬，我也激動到坐立難安。如果只有我們，現在一定就像無頭蒼蠅，不知如何是好吧！為何林先生有朋友能幫他調查某人住所？我越來越好奇他名片上的身分，該不會真的是偵探一類的職業吧？我倒不知道臺北也有偵探。

施君說要打電話去佳里醫院，走出房間，林先生似乎也打算離開，但他有些彆扭，在門前徘徊了一下才說：

「國分老師，我想打個商量。其實我本來打算今天直接回臺北，但遇上兩位，得知此事內幕，情況就變了。如果接下來要一起調查，而國分老師跟施君時間有限，我住在基隆也比較方便，若是如此，不知是否能與你們住同一個房間？」

「當然！我想應該跟旅館說一聲就行了。」

聽林先生要跟我們同住，我心裡也快活起來，覺得接下來無論發生什麼都無須害怕！我們立刻前往旅館櫃臺說明，轉眼就處理好此事，林先生說要去找朋友打聽消息，便離開旅館，等我回到房裡，施君已打完電話了。

「很遺憾，吳老師篤定地說他沒告訴任何人。」施君馬上說。

「這樣啊，那就沒辦法了。」

但奇怪的是，施君看來沒半點沮喪，彷彿早就猜到吳先生的回應。不，也沒什麼好奇怪的，我的心情也是啊！明明面對殺人事件，我們心情卻有些雀躍，真是太不謹慎了。

「國分先生，您覺得林先生到底是什麼人？」

「我也很好奇，簡直像偵探一樣，但比起偵探，更厲害的是博學多聞吧！除了民俗見聞，也跟我討論過臺灣的考古學現況，跟金關丈夫說話時，還知道河豚毒素的症狀，此外，居然看文學雜誌，也認識臺灣文藝聯盟的人……真難想像，偵探會對文學有興趣嗎？」

「這我就不清楚了，我對偵探的了解，都是看雜誌上的連載小說。」

「我也差不多，或是黑岩淚香翻譯的外國小說。」

「說起來……國分先生，很抱歉，有件事我忘了說。因為太慌張了。但回想起來，似乎有點怪。」

「你在說什麼？」

「今天早上，我不是到臺北見西川先生嗎？如之前所說，那位西川先生不是當年見到的西川先生，我一發現這件事，嚇得血液都要凍結了，還沒想到說詞，西川先生已開口問『什麼事』，說來慚愧，在踏進報社前，我緊張得半死，一直在腦中模擬著要怎麼開口，所以西川先生一問，我就下意識地說『西川先生，兩年前，您從我們施家那裡拿到一把青銅鑰匙，不知您還有沒有印象？』」

施君才說到這，我就陪他一起感到胃痛了。如果是我，恐怕根本說不出話來吧！但我又好奇接下來怎麼了，便催促他繼續說。

「他忽然大發雷霆，說『又來了！怎麼一個一個都來問這事，我根本沒有從臺南拿走任何東西！而且上次你們的人也太沒禮貌了吧！』接下來他說什麼，我也不知道，因為我慌慌張張地逃出來了。回基隆的路上，我也沒意識到，只覺得丟臉，又困惑不解，現在想想，也難怪西川先生一直沒回我信，畢竟他根本沒帶走鑰匙，但冷靜下來，你不覺得西川先生的話很怪嗎？」

「怪極了！又來了是怎麼回事？我們的人？簡直像有人在你之前找他問鑰匙的事，但誰會這麼做？」我難以置信地搖頭。施君剛剛沒說，我不怪他，畢竟他心緒難平，但除了施君以外，還有誰會去找西川先生問這件事？

「會是其他施家的人嗎？」

「我也想過，但應該不是。只有我見過假的西川先生，若是親族裡的其他人去見他，並被趕回來，一定會以為西川先生在裝神弄鬼，回臺南大肆宣揚，我不可能不知道。」

「也不會是吳先生。是的話，剛剛電話中就會說了。」

「是啊，這就是我最不解的地方。除了我們施家的人和吳老師以外，還有誰會知道西川先生從我們這裡拿了鑰匙，難道是那位假冒西川先生的人？怎麼可能！」

這個謎團，我跟施君討論半天，都沒有頭緒。雖然只要再去向西川先生詢問詳情就好，但施君無論如何都不願再去，我也理解他的心情。而且，西川先生既然已經大怒，問了或許也沒好下場，最後便下了「等林先生回來後再跟他說」的結論。

等林先生回船越旅館，已是晚上十點半。我與施君差點以為他那晚不會回來了。他帶來換洗衣物，以及兩個消息：第一，陳海晏是真有其人，而且確實死在沼澤中。林先生抄寫了當時報導的內容，雖沒提到鑰匙，卻提到發現屍體的，是一名老師與一名學生——

「這位老師跟學生，就是鬼海與村上？」

「或許。」

但這只是我們的猜測，沒有根據。第二個消息是，林先生真的打聽到村上先生的住處！巧的是，村上先生於去年下半年調職，現在任職於基隆高等女學校，也搬到附近，是比基隆神社還要東邊一點的地方。這表示，明天我們不用大老遠跑一趟臺北，可以直接在基隆得到答案。

為何村上先生會調職？跟陳的死有關嗎？我們討論此事，還有第二天該問什麼問題，時鐘的指針無情地轉動，很快我們就腦袋不清，輪流洗澡就寢了，因為房裡多出一人，我們便請旅館額外準備地鋪，最後到底誰要睡這張地鋪，我們也著實謙遜了一番，寶貴的時間就浪費在這裡。那時，我和施君都徹底忘掉要跟林先生說西川先生的古怪發言。

這或許是這趟冒險中，我與施君犯下最大的錯誤。

●

「請問幾位是……？」

隔天我們拜訪村上英夫，是中午過後的事，這天晴朗到不像話，曬到我們汗流浹背，昨天的大雨有如遙遠的回憶。應門的是二十七、八歲的青年。他開了門，半身隱在門扉後，修長、蒼白中泛著青色的手指像緊抓著什麼般扣在門邊，彷彿隨時要關上。青年穿著西服，頭髮有些凌亂，卻不失斯文俊俏，領口繫著波希米亞風格的領帶，微微鬆開，看來有些不正式，但很適合畫家形象，肩膀處有顏料痕跡，像是隨手擦上，還留著指頭的形狀。這人就是村上先生？我有些激動，本來以為是小說人物的存在，現在居然就在我眼前！

「冒昧來訪，深感抱歉。不過我們有件事想向您請教……」林先生嚴肅地壓低聲音，像要說什麼祕密，「請問您知道鬼海同學嗎？」

青年張大眼，深黑的眼眸在蒼白的臉龐上暴露為毫無遮掩的圓形，本來無精打采的眼神，馬上被抽掉最後一絲生氣，他用難以聽見的聲音說：

「你們是警察？」

「不，我們只是偶然被捲入此事的一般人，但實在走投無路，才來向您請教。」

「被捲入此事……？」村上先生有些意外，他探出頭，不知在尋找什麼，才把門打開讓我們進去。他帶領我們穿過前庭，推開木門，顏料混雜著什麼的氣息撲面而來，可能是食物一類的東西吧？我們還沒踏進玄關，就忍不住停在那裡，村上先生臉紅了起來。

「請等一下！」

他跑進去。裡頭發出的聲音，忠實傳達了所有門窗被打開的努力，我們三人在門前伸頸觀望，看來有些滑稽，接著村上先生跑回門前，喘著氣，額頭上微微閃著汗水的光澤，靦腆地重新邀請我們進去。

「不好意思，接著請小聲些，隔壁住了其他老師，隔音不是很好。」

屋裡意外的明亮，即使只有外頭的自然光，也將木頭地板渲染出溫潤的金色，光看就覺得熱。夏天的蟬聲從敞開的障子進來，地上擺滿書架放不下的畫冊跟雜誌，不愧是畫家的住處！有幾幅畫擺在陰影處，離障子不遠的地方，畫架上有幅進行到一半的油彩畫，一旁堆著畫具，菸灰缸就放在旁邊，裡面有好幾個吸完的菸頭。

但最醒目的，是尚未裱框、只用夾子如掛毯般吊起的等身素描。上頭是全身骷髏圖，詭異的是，它不像人體模型那樣僵直地站著，而是擺出某種姿勢——或許是堪稱嫵媚的姿勢，這反而有種陰森的邪氣。

「真了不起！」林先生一見那張素描便讚賞起來，「非常精準，從解剖學的角度來看無可挑剔，嗯……這是少年的骨骼吧？大約十六、七歲，從身高跟骨架來看，發育十分良好。」

林先生的話嚇了我一跳。我不是怕骷髏，調查史前遺跡時，也會看到人骨，但他是怎麼看出性別、年齡的？而且，這是真的嗎？村上先生是參照真實骨骼畫的？

「您怎麼知道？我是有次遇見本島人撿骨，花了一筆錢，請他們讓我拍照參考。據他們說，確實是十七歲的男孩子。」村上先生語氣平淡自然，我卻皺起眉。打擾人家撿骨，這樣不太好吧？一旁的施君臉色慘白，或許也是同樣想法。

「這個嘛，有許多細節，像性別就可以馬上看出來，主要是骨盆跟顱骨……你看，這邊比較窄對吧？說起來，骨骼在法醫學上，本就是判別人種、年齡、性別的重要依據，我只是碰巧在這方面有些心得而已。」

「林先生連這種知識都有嗎？骨頭什麼的……難道不覺得可怕？」施君囁囁著說。原來他剛剛的表情是對骨頭感到恐怖啊！不過要是怕骨頭，就無法從事考古活動了，這對林先生當然不是問題。

「施君，也許你覺得可怕，不過人類骷髏出現在藝術作品中的歷史，可是淵遠流長！在聖人熱羅尼莫的肖像畫中，就常出現骷髏，十五、十六世紀的德國畫家，將骷髏作為死神的象徵，像小霍爾拜因著名的連環版畫『死神之舞』。這股風潮到近代也沒消退，勃克林的自畫像，背後就有緊靠著他的骷髏，這些村上老師當然都很熟悉。近代日本也有以骷髏為題材的創作，像圓山應舉端坐在海面上的骷髏，寫實方面無話可說。不過再往前追溯就不行了，無論是土佐光長或土佐光秀所繪的九相圖，都沒參考實際的骷髏，只是寫意。說到九相圖，去年夢野久作老師發表的《腦髓地獄》，虛構了唐國畫家吳青秀的故事，他為了提醒唐玄宗美色不長久，殺害自己新婚妻子，觀摩妻子屍體腐敗過程，欲畫成九相圖一類的繪卷警醒皇帝……寫實就是需要這樣的功夫！我想村上老師的用心程度，並不下於吳青秀，才會想拍攝骷髏吧？」

林先生對美術史也這麼有心得，真令我意外，但他忽然講起吳青秀的恐怖故事，還以頗為平淡的口吻描述吳青秀的可怕行徑，讓我有些僵硬。村上先生似乎同意他的話。

「哪裡，我畫骷髏時，也沒想著美色長不長久，不如說，既然骷髏還在那裡，不就留著思念嗎？會因九相圖而恐懼的人，或許無法看見永恆吧。唉，先別說這些，請問你們究竟是……想知道什麼？」

「失禮了，敝人姓林，名熊生。」林先生接著介紹我與施君，說完，我們便依序坐下，進入正題。

「村上老師，我就直接問了。請問您知道〈河清海晏〉這篇小說嗎？」

村上先生深深吸了口氣，張大口，表情糾結，舉起手又放下，像要打噴嚏卻打不出來。他重重拍自己大腿，嘆了口氣。

「我就知道。要是有人看到那篇，一定會以為我跟鬼海同學的死有什麼關係，這完全是誤會啊！」

「您已經知道鬼海同學的遭遇了？」

「是啊，在報紙上看到的，嚇了我一跳，因為鬼海同學不是基隆人。本來我沒想太多，只是在想為何鬼海同學會過世，但接著就想到〈河清海晏〉這篇小說可能會給我惹來麻煩。唉，本來就已經惹上麻煩了……」

「怎麼回事？」

「是……那個，其實我沒有看文學雜誌的習慣，知道小說的事，是學校裡的女學生跟我說的。她們興奮地拿小說給我看，『老師老師，這裡面提到的村上英夫是您嗎？哇！原來您跟之前學校的學生是這樣的關係，好厲害喔！』到底是哪裡厲害……真不懂現在的女學生。我看過之後，把雜誌還給她們，連忙撇清，說裡面的內容都是虛構的，但好像已經很多人看過，就算不在課堂上，也有學生對我指指點點，真讓人彆扭。」

村上先生維妙維肖地模仿女學生的語氣，實在太過巧妙，我忍不住憨傻地微笑。唉唷不好，對到村上先生的視線了，我危襟正坐。

「裡面是虛構的嗎？」

「當然，所以才是小說嘛。真不懂鬼海同學為何要這樣寫，以自己為主角就罷了，還把我跟陳同學扯進去。」

「這確實是至為關鍵的問題。」林先生嚴肅地說，「村上老師，我想先向您確認，這篇小說真的是完全虛構的？裡面提到的細節，沒有半點現實的要素？」

「這個……我確實認識他們，去年地震的救災，我們也一起去了，不過其他部分，還是虛構的地方居多，據我所知，陳同學跟鬼海同學私底下也不是那樣的關係。」

「既然如此，為何鬼海同學要寫這篇小說呢？」

「什麼意思？」

「這就是關鍵了啊，作者的創作意圖到底是什麼，如果你們不是這樣的關係，為何鬼海同學要這麼寫？」

「這個……恐怕只有鬼海同學能……雖然他也無法回答了。」

「是的，現在能解釋這個故事的，恐怕只有您了。不過我有些好奇，既然這篇小說已經造成了村上老師困擾，您也不明白鬼海同學為何這麼寫，完全是無妄之災，那為何您沒有去找鬼海同學，詢問他的目的呢？」

我心中一凜。是啊，為什麼呢？村上先生的臉又紅了，他低下頭，有些慚愧與卑微。

「那個……畢竟小說已經發表了，做什麼都於事無補啊。」

「村上老師，如果我是警察，聽到這段話一定會想，『這人一定跟鬼海守私底下有什麼過節，所以不想找他，不，說不定是對鬼海守的創作動機心中有底了，所以沒有去找他確認的必要』。這當然不見得是您心中的想法，卻是很容易導出的推論。」

「我不會因為一篇小說而殺人！」村上先生睜大眼，一時間說不出話，過了片刻才用力抗辯。

「我也不認為。畢竟，在此之前還有個更大的疑問——這篇小說真的是鬼海同學寫的嗎？」

「什麼意思？」

「看〈河清海晏〉時，我一直感到奇怪。一般來說，作者自己化身為故事中人，會成為主要視角，無論是不是紀實性質。但這篇小說中，雖然主要角色的視角都有顧及，但最核心的視角，無疑是陳同學，接下來是村上老師，最後才是鬼海同學。不得不說，這違反我以往的閱讀經驗。」

「既然是創作，也不是不可能吧。但我也懷疑過，鬼海同學實在不像關心文學創作的人，光想像他坐在書桌前認真寫小說的樣子，我就辦不到。」

「那除了鬼海同學外，誰還有動機以你們三人為主角，寫出這個故事？他必然很了解你們三人，可能的對象應該有限……」

「不，您不明白，這是虛構的啊！既然是虛構的，就不必很了解我們，頂多，他知道去年我們一起去救災的事。」

「具體上虛構到什麼程度？舉例來說，你們在媽祖祭典上撿到的鑰匙，那是真的嗎？如果是真的，至少作者知道這件事，這可是頗為私密的。最後陳海晏在沼澤邊發現另一把鑰匙，那又是真的嗎？」

「沒有那兩把鑰匙。」村上先生正色，「那是虛構的。」

我跟施君臉色都變了，尤其是施君，明顯露出沮喪之情，甚至無法控制下垂的嘴角。如果村上先生不知道鑰匙，不，如果連鑰匙都是虛構的，那這條路顯然已走進死胡同。

「說到底，你們究竟是想探查什麼？我聽你們說走投無路，才讓你們進來，但你們一進來，就像警察一樣問東問西。如果你們再不明確交代來意，我只好送客了。」村上先生瞪著我們，但他單薄的身軀完全沒有威嚇之效，反而凸顯眼中除了憤怒以外，還藏著恐懼。

「真抱歉，我們太過頭了。」林先生雙手抵在地板上微微鞠躬，「在此誠心向您道歉，也希望您能諒解。其實我們是為了鑰匙而來，之所以如此，也確實是走投無路。施君，能請你將你遭遇的事，告訴村上老師嗎？」

「好的。」施君點頭答應，雙膝向前挪了一個手掌寬，從兩年前的天狗事件開始說。他說起池大人的詛咒及家傳鑰匙，西川先生拿走鑰匙後，施家發生種種不幸，但要尋回鑰匙，又發現西川先生是假冒的……聽了這些話，村上先生表情逐漸緩和。

「原來去年報上說失火的那個施家，就是府上啊……」

「現在我所求的，只是尋回家傳之物。就算做不到，我也想知道這一切到底是怎麼回事，為何有人要假冒西川先生騙走鑰匙？那個鑰匙到底有何意義？若是能知道這些，我也能放下一切，面對施家的詛咒。」

「這就是我們來此的原因，希望村上老師能夠諒解。不過，既然村上老師對鑰匙一無所知，那就沒辦法了，我們也只好告退。不過，我想警察遲早會注意到〈河清海晏〉這篇小說，還請村上老師做好準備。」

「施君，你別沮喪，還有希望啊。」我安慰年輕的友人，拍他肩膀，「雖然村上先生不知道鑰匙的事，但如果作者不是鬼海同學，那他應該還活在世上。要是找到他，說不定就能知道他為何提到鑰匙。」

「但天下之大，要從何開始找起？」施君的表情就像剛吃完苦瓜。

「天下雖大，嫌疑人卻很少。作者一定在臺北一中，只要調出這幾屆學生的作文，跟臺灣文藝聯盟收到的稿件對照筆跡，就能找出作者了。村上老師，真不好意思打擾您，請容我們告退。」林先生說完便站起身。

「等等。」村上先生忽然站起來，像有什麼重要的話要說。

「那個，雖不清楚鑰匙是怎麼回事，但剛剛聽完施先生的話，我有些想法，呃……是非常不足掛齒的見解，如果施先生聽了覺得不值一哂，就請忘了吧！」

「還請村上先生指教。」

「我是想，那位假冒成西川先生，拿走鑰匙的人，不是池府王爺本人嗎？」

這是開玩笑嗎？我本來期待村上先生的高見，卻聽見這樣荒誕的推論，不禁大失所望，但村上先生十分認真，他對施君說：

「施先生，您說『池大人』會在某天收回鑰匙，然後施家會因此發生不幸。這不是已經應驗了嗎？西川先生拿走鑰匙後，施家確實發生了不幸，預言實現了！」

「但是，那不是因為我們把鑰匙交給其他人了嗎？」

「或許是這樣，但池大人假冒西川先生，也說得過去吧？我想祂是透過西川先生的名義，親手拿回鑰匙，您想想，如果真有池府王爺，祂會允許自己以外的人拿走鑰匙，讓祂的預言破滅嗎？如果真正的西川先生介入，會導致鑰匙流落到其他人手上，那池府王爺不如親自出手，拿回鑰匙。」

「如果是那樣，為何祂不報上名號，直接把鑰匙拿回去？」

「因為時代不同了。」村上低頭沉思，「施先生說過，您一開始不相信府上傳說。家裡都已經為了天狗陷入騷動，如果這時有人自稱池府王爺，要收回鑰匙，只會增加混亂罷了。」

「確實，那時的我，就算祖母要交回鑰匙，也會徹底反對吧……」

「如果『池大人』明明照著自己的預言現身，卻被當成假貨，我覺得一定是很恥辱的事。祂當然可以發怒，降下神威懲罰施家，但早預知到這個結果，卻任其發生，毫無必要。因此我認為，池府王爺只是用比較聰明的方法，拿回自己承諾會來取回的事物，您覺得如何？」

「呃，不過這個假設的前提是，真的有池大人的詛咒吧？」我忍不住插嘴。

「是沒錯。不過兩年前的西川先生居然不是本人，還找不到誰假冒他，這麼怪異的事，難道不足以作為我這番推論的佐證嗎……？當然，這只是我的妄想，毫無根據，請施先生斟酌著參考。只是，如果真是這樣，施先生就不必找鑰匙了。」

「為什麼？」

「不是很明顯嗎？池府王爺早就兌現他數百年前的承諾。鑰匙不是下落不明，而是物歸原主了……」

「如果谷崎潤一郎〈柳湯事件〉裡的那位青年出現在現實裡，恐怕就像村上老師吧，看到本人後我一直這麼想，尤其那個波希米亞風的領帶……你們看過〈柳湯事件〉嗎？」回船越旅館後，我們在交誼廳坐下，林先生忽然提起這部小說，我跟施君對望一眼，搖搖頭。

「那是部有趣的作品。大家都相信某人殺人了，連他自己都相信，但他真的殺人了嗎……？說起來，兩位對剛剛的談話有何看法？」

「說什麼池大人假冒成西川先生，太跳躍了。」

「哈哈，國分老師這麼想也無可厚非，我倒覺得是有趣的見解。是不是真相還是其次，有這樣的想法，本身就值得玩味。施君，你覺得呢？」

「我不知道……坦白說，如果那個西川先生就是池大人，我反而能接受。這麼一來，事情就結束了。對我來說，這是個輕鬆的答案。」

「你們都這麼在意村上老師最後那番話嗎？」林先生有些詫異，他點了根菸，「我倒是覺得他有所隱瞞。」

「為什麼？」

「算是直覺吧，不過問題果然在看過小說後的反應。村上老師也不認為鬼海是會寫小說的人，那從他的角度看，就是有人冒充自己認識的人，一般來說，首先會去確認對方是否知道此事吧？但他否認與鬼海見過面。」

「也許因為某些原因，就是這麼不想見鬼海同學啊？」

「若是如此，這個原因就是他『隱藏的事』了。當然，可能性很多，他無論如何都不想見鬼海，或其實見了，但沒跟我們說，這也很正常，畢竟我們是陌生人。而且我們只考慮村上老師的反應，如果鬼海真的不是作者，他難道不會主動聯絡村上老師嗎？就算鬼海本人不關心文學，我就不信臺北一中完全沒有既認識鬼海、又有看《文藝臺灣》的人能告訴他這件事。」

「林先生，如果您懷疑村上先生隱藏什麼，剛剛為何不追問？」

「就算追問，也有太多遁辭可以閃避。沒時間之類的，就是不想之類的，不管多不合理的話，只要我們沒有明確的證據，都無法指摘……這就是調查的必要了。只有取得客觀證據，才能作為對話的基礎，如果我們以後要與那位金關丈夫正面對話，也會需要這些。」

「林先生，您覺得在鑰匙這件事上，村上先生有隱瞞嗎？」

「就算有，也沒有客觀證據，這正是我們現在需要的。」林先生停下來吸了幾口煙，忽然微笑，「不過，客觀證據的調查，就交給我朋友吧。等一下我也要麻煩他們再調查一些事，兩位今天就放鬆一下，在基隆好好玩玩如何？除了仙洞，基隆還有很多地方值得一去喔，像村上老師畫的社寮島。」

他說的是村上先生畫到一半的油彩畫。離開前，林先生觀察畫布，看來興致勃勃。

「這是社寮島嗎？這海岸的形狀，是千疊敷吧，基隆應該沒有其他地方有這種地形。」

「是，這是『社寮銀瀾』。我打算以基隆八景為主題，完成一系列畫作，這是第一幅。不過意外的辛苦啊，我想畫月光照在海面上的景色，所以都是入夜後前往社寮，畫到太陽升起才回來。」

「咦？那我們今天這個時間來，豈不是打擾村上老師休息？」

「不，沒關係，前幾天天氣不好，看不到月亮，我也沒去，只是在房子裡思考如何加筆。不過今天天氣很好，看來是社寮島在呼喚我了。」村上先生笑著。我也湊過去看，因為沒什麼美術素養，只覺得已經很完整了，看不出還要加什麼；不過，那幅畫有種魅惑人的力量，暗藍色的遼闊海洋帶著厚重的神祕感，看似平靜，銀色的浪花卻彷彿朝著這裡圍過來，帶著殘虐的暴力。我盯著畫布，竟有些窒息。

我可不想去這種地方。這幅畫很美，但美麗帶來的恐怖感，讓我卻步。且不論這點，我怎麼可能放心去玩？

「林先生，我們也想跟著一起調查。」施君說。

「兩位，不用這麼急，在有進一步消息前，我們能做的事有限。剛剛跟村上老師談，我也意識到偵探遊戲沒這麼簡單，只要我們在這個事件中沒有正當身分，便無法問到想要的情報，不然，就要付出想像以上的成本。既然如此，不如將調查交給專業，那正是我朋友擅長的。」

正當的身分，也是啊。雖然我們自認有正當的理由，但對鬼海事件的當事人來說，我們只是局外人，還是很過份的那種，不過是好事者罷了。但把一切都丟給林先生或他的朋友，也讓我不安。明明我們也算一定程度的當事人，卻什麼都不做嗎？

雖這麼想，林先生還是妥善地安撫我們，最後我們決定接受他的建議，痛快享受美食。晚餐後，林先生不見蹤影，回來後才知道他又打電話聯絡朋友，據他所說，居然已跟臺北一中聯繫上，讓職員蒐集學生作文，到底他朋友是怎麼做到這些事的？未免太神通廣大了！

當晚，我做了個夢。

或許是村上先生畫作的影響吧。我來到海邊，那是一望無際，淒涼、安靜到恐怖的海，浪濤聲像海綿一般，將其餘聲音都吸了進去，只剩下「嘩……嘩……」的獨白。我穿著木屐。這是旅館提供的木屐嗎？我不太確定。白砂在星空下閃爍著豐富飽滿的顏色，像水晶的塵埃，我慢慢移動腳，在純潔白砂留下木屐形狀的凹痕。我踢了一腳，將這形狀破壞，留下更深的凹痕。

白沙灘像月亮般，彎彎地貼合著深藍色的海洋，緊密到像要靠在對方身上睡著，還能感受到彼此的呼吸隨著海岸線起伏。一條銀白色的線從很遠的地方來，那是海浪的峰，它有著猛禽般的速度，湧到岸邊就「唰」的一聲消失，優雅、快速、毫不猶豫地化為白色泡沫，隨著海浪退去伸展成複雜的構圖，然後逐一消滅，不帶任何聲響。

海水淹上我的木屐，腳底一陣冰冷，有種舒暢的快感，些許的泡沫沾在我的腳踝，緩緩流下。海水再度湧上，這次淹過了小腿。

有著琉璃紺色的夜空被美麗的銀河貫穿，夏季大三角璀璨地炫耀自己的光輝，天蠍座露出自己火紅的心臟；在那下方，一名少女像被海水捧著，站在水面。她就是我在基隆警察署裡遇到的少女。太好了，我還在想該怎麼找你，你就出現了。你知道池府王爺跟鬼海守的死有什麼關係嗎？你還知道些什麼？我走進海裡。

少女伸出手，像是邀請。多奇怪啊！為何她能站在海面上，我卻不行？不，這沒什麼重要的，重要的是我終於找到她。海水將夏夜的悶熱徹底驅散，多麼愉悅！我心底哼著歌，一步步走向少女，少女也走過來，她彎下腰，將什麼東西塞進我手中，又起身走回海的彼端。等一下啊，我有事情要問……

「國分老師！」

忽然有人抱住我。不知何時，林先生跟施君出現在我身邊，他們一人鎖住我的手臂，一人拉住我腰間的衣服，氣喘吁吁，臉色猙獰。

「林先生，我們一起往後拉！」施君使勁將我往後拽，力道大到幾乎令我脫臼，我有些惱火。

「等等，你在幹什麼！我好不容易找到鬼海守青梅竹馬的少女，不是有問題要問她嗎？」我舉起手，指著海的彼端，少女就在那裡，在海面上漠然看著我。咦？為何她能站在海面上？

「國分老師，她就是你在警察署見到的少女？你見到的那個少女是『水鬼』？」林先生聲色俱厲。「水鬼」，這個詞像閃電般轟進我心裡，一時我還無法理解那是什麼意思。

「等一下，少女？」施君意外地說，「我怎麼看都是一位少年啊！」

還來不及思考施君的話，少女消失了，就像燈泡裡的鎢絲燒斷，以那樣的速度消失。忽然，我意識到這不是夢，是現實！我難以克制的在海裡發抖，被恐懼感淹沒，林先生跟施君將我往後拖，我沒有接下來的記憶，據說，我花了一點時間才恢復神智。

我聽過水鬼。這是本島的一項俗信，北門郡那邊，就有大量水鬼傳說。水鬼會潛伏在水邊，伺機致人於死，因為溺死者無法投胎轉世，永遠被困住，直到有人來代替它。也就是說，水鬼是為了轉世才殺人。而被害死的人，則成為新的水鬼滯留，直到害死另一個人，這稱為「抓交替」。

我差一點就要被困在這片海洋，等著害死其他人了？

「施君，你說在你眼中是看到少年，是怎麼回事？」林先生問。

「林先生又是看到什麼？我看到的是穿著學生服的短髮少年。」

「真奇特，我看到的是穿西服的長髮少女。從未聽過水鬼在不同人眼中會有不同形象……但話說回來，也沒人真的見過水鬼，只知道有人淹死，便可能是水鬼作祟。」

我在岸邊發抖。聽他們說，我是半夜忽然爬起來，他們叫我，我也不回應，奇怪的是，我沒用跑的，速度卻快到驚人，連比我年輕的施君都追不上；幸好最後有將我救回來，或許是海水的阻力救了我吧。

但我忍不住想起〈河清海晏〉的結局。

陳海晏最後的遭遇，不就跟我相似嗎？只是，他是受到鑰匙召喚，而我是受到少女召喚；話說回來，為何那名少女要謀害我？或是說，為什麼是我？我甚至沒接近海邊啊！

「國分老師，真是千鈞一髮，站得起來嗎？」林先生向我伸出手，我還是不太能說話，便拉住他的手站起。林先生皺眉。

「國分老師，這個是……？」

他放開手，掌心捏著一個被海水沾濕的菸頭，上面還有些海草屑。這東西剛剛在我手上嗎？我回過神，忽然想起是怎麼回事，「這、這是……剛剛那個水鬼給我的……」

我舌頭還有些僵硬。但那不是夢，少女確實走來，將這東西放進我手中，我甚至能想起她的臉，那是一張悲傷、哀憐的臉，彷彿懷著千言萬語。林先生將菸頭拿起，透過月光仔細觀察。

「啊……原來如此，這是線索啊！或許那位水鬼不是真心要置國分老師於死。不過，就算如此……不行啊，只要沒有客觀證據，就沒有對話的基礎……」

「國分先生，」施君忽然問，「你覺得那少年……不，我說水鬼，就是在我之前找西川先生的人嗎？」

「什麼？」

「我一直在想，是誰搶在我之前去問西川先生鑰匙的事，這人一定知道池王爺跟鑰匙的關係。如果那個水鬼也知道池王爺，會不會就是他去找西川先生？」

水鬼去找西川先生？光想像那畫面，我就覺得滑稽。但轉念一想，我都在警察署裡見到水鬼了，也不是不可能；事到如今，過去支持著我信念的常識，已派不上用場。

「等等，找西川先生問鑰匙是怎麼回事？」林先生問，我們這才想起還沒跟他說施君與西川先生見面的細節，便說給他聽。林先生臉色大變。

「啊！是這樣嗎！原來是這麼回事……那就是一切的起頭嗎！」

這位博學多聞的友人忽然退開幾步，張大雙眼，像瘋了一樣地又叫又跳，我跟施君傻傻地瞪著他，完全摸不著腦袋。林先生冷靜下來，又開始喃喃自語，「不，這稱不上客觀證據，不過……我們白白浪費了好幾個小時，太可惜了！雖然有點冒險，但有一試的價值。」

他抬起頭。

「國分老師，施君，我們走吧！我們落後太多了，再不快點行動，就要被搶先了！」

「等、等一下，林先生，我們完全不知道您在說什麼！我們要去哪？」施君惶恐不已，這恐怕是他認識林先生以來，最害怕對方的一刻。畢竟現在的林先生就像被什麼給迷住一樣。

「社寮島！快走吧，不用回去換衣服了。唉，不知道還來不來得及。」

「社寮島？那要走一個多小時啊！」見施君沒抗議，我連忙說，瞬間口舌都清晰了。難道林先生沒看到我全身濕透，還在發抖嗎？我忍不住質疑，「為什麼這麼趕，到底是誰會搶先？」

林先生直接走過來拉我們的手，帶我們向前——

「還會有誰？當然是那個金關丈夫啦！」

●

社寮島在基隆港東北，雖名為島，但離本島距離極近，昭和九年，已透過橋梁跟本島連起來。據說早在四百年前，就已有日本人到達此島。我們一行人且跑且走，我也非跑不可，身體才能暖和些。途中，海風已將身上衣服吹到快乾了，就是用木屐跑起來極不舒服，也只好認了。林先生嚷嚷著「我這把年紀都行，你們沒道理不行」。他說的沒錯，跑到一半，最早停下來喘氣的就是他。

就算這般不像樣，我們也總算到了社寮島。為何我們要來此地？又為何這麼著急？雖然一路上都在問，林先生卻閉口不談，也可能是喘到無法說話。就算他不說，我也大約猜得出來。

下午，村上先生說過會到社寮島作畫，現在來這裡，一定是要找他。但為了什麼？金關丈夫又是要搶先什麼？一想到金關丈夫，我就有些不安，那個人到底打算做什麼？他在這個事件裡，占著怎樣的位置？

「林先生，社寮這麼大，要到哪裡去？」施君問。

「呼……沒、沒問題，村上老師畫的圖，有把千疊敷畫進去，那就只有一個地方，在最外側的中山仔島。快走吧。」

「我們到底來這裡做什麼？」我忍不住問。

「這個嘛……老實說，我也沒十足的把握，等一下要是徒勞無功，請不要怨恨我喔。」

「什麼？要是林先生也沒把握，那是在趕什麼？」

「國分老師，鬼海守的死，是個簡單至極的事件。」

「咦？」

我不懂他在說什麼。整件事下來，不全都是謎團嗎！

「被害人死於河豚毒素，河豚不是誰都可以抓的，可以追蹤到來源。棄屍這件事，從一地移動到另一地，被目擊的機率不低。此外，用來綁鬼海守的繩子，犯人是留著還是丟掉了？無論是何者，都有查出的辦法。總之，最多一週，犯人就可以被特定出來。但這只是『找犯人』而已。本事件真正成謎的，是犯人的動機。正因找犯人不難，所以我也鬆懈了，想著要問鑰匙的事，可以等抓到犯人再問。但要是事情沒有緊迫性，那個水鬼就沒必要冒著可能害死國分老師的風險，把這條線索給我們了。」

林先生拿出剛剛那個菸蒂。

「你們有印象嗎？這牌子的菸，今天下午才看過。就在村上老師家裡。」

「啊！」被他這麼一說，我才想起畫具旁的菸灰缸，確實很像！

「不過，到底有什麼緊迫性……」施君不安地問。

「很快就知道了。要是沒趕上，我們可能永遠不知道，所以我才這麼急。」

我們跟著林先生往中山仔島。今天天氣實在太好，就算在深夜，地面景色反射著微微的銀光，遠處沖繩人的村落依稀可見，白色貝殼築成的圍牆，比月亮還皎潔純淨。這時還有人沒睡，煤油燈的光線在夜裡忽明忽滅，不遠處有歌聲傳來，似乎是八重山方言。

中山仔島的末端，被稱為千疊敷的地方，是極為奇特的海蝕地形，看來就像是燻烤變形的豆腐，一塊塊被青苔染色的方狀節理，拼湊成巨大的海蝕平臺，兩旁升起有著火焰形狀的山崖，與平臺形成畫框般的圓角。這麼晴朗的夜裡，遠處燈塔的光，明亮到有如海怪的眼睛。千疊敷中央，村上英夫像舞臺上的主角一樣醒目，他坐在畫架前，腳邊的煤油燈點亮他的表情，下巴與臉頰的肌肉像在陰影中燃燒。他全神專注。

四面八方朝著社寮島而來的銀瀾，如同穿著銀白色盔甲的士兵，將小島包圍起來，在亂礁間起起伏伏。千軍萬馬中，八重山方言的歌謠穿透進來，帶著讓旅人心碎的哀傷。這種我不太懂的日本方言，竟比臺灣話還有異國情調！在這個絢麗的光景中渲染出令人錯亂的幻想氣氛……

月ぬ美しゃ、十日三日。
女童美しゃ、十七ツ。
ほーいちょーが。

我咽著口水，手心發汗。其實眼前景色有著令人目眩的美，但我還是恐懼不已，因為眼前的畫家跟白天完全不同，身上散發著被附身般的陰森鬼氣。

「村上老師！」林先生上前大喊，聲音被浪濤聲衝散。我們跟在後面。

「林先生，為什麼在這裡？」村上先生看過來，似乎不怎麼意外。不，應該說他毫無興趣，才剛問完，視線就轉回畫布，像在構思下一筆。

「村上老師，我們打開天窗說亮話吧，您之前曾找過西川老師，向他詢問施家祖傳鑰匙的事吧？」

我和施君大驚，對望一眼。

「嗯……我不知道您在說什麼。」

「否認是沒有用的。今天下午，我們已到臺北請教過西川先生，只是簡單描繪您的外貌，他就想起來了。您與陳同學、鬼海同學過去發生了哪些事，沒人能證明，您可以說得天花亂墜，但這件事不同，是可以被指證的。如果您堅持否認，我們把西川先生帶到您面前也行啊。」

他在說什麼，我們沒有去臺北啊！才這麼想，我忽然了解他在虛張聲勢，如果我們真的得到西川先生的證詞，就會成為一定程度上的「客觀事實」；但他為何要虛張聲勢？村上先生真的就是曾拜訪西川先生的那個人？

青年畫家彎腰拿起煤油燈，站身面向我們。

「好吧，即使我真的找過西川先生，那又如何？」

我倒吸一口涼氣。

「那就表示您說謊。您裝作對鑰匙一無所知，其實有一定程度的了解。村上老師，我們做個交易如何？正如之前所說，我們不是警察，只要您願意將鑰匙的事據實以告，我們就不將手上的線索告訴警察。」

我心下駭然。這是什麼意思？他用「告訴警察」來跟對方談條件，不就表示對方有不願被警察知道的事？這背後的意思，我連想都不敢想。

——我們眼前的這個人，是殺人犯？

我是第一次與殺人犯對峙。那雙繪畫的手，也是殺人的手。要被殺掉了！這愚蠢的念頭回響在我軟弱的靈魂中，但與此同時，我也興起硬著頭皮面對的勇氣，就算腳快要軟了，我也不退縮。雖然，我腦中一片空白，根本不能思考，要是村上先生拿著凶器來砍我，我也躲不掉吧！

但村上先生手中沒有凶器。他動也不動，既沒回應林先生，也沒繼續作畫。

「村上老師，我再說一個淺見吧。您那異想天開的見解是認真的，與真正的西川先生見過面後，您就認為『是池府王爺拿走鑰匙』，而不是聽到施君的故事才靈機一動。而且，這就是事情發展至此的原因，沒錯吧？」

「林先生，您究竟知道多少？」

「至少不知道鑰匙的下落。村上老師，這個交易成立嗎？」

青年畫家沉默，緩緩開口。

「如果您保持緘默，您覺得離我被捕，還有多少時間？」

「很難說。大約三天到七天。只要交易成立，至少三天內，就算警察問我，我也會裝傻，但七天後，我就不會說謊了。」

「謝謝您，那就夠了。看到三位過來，我以為一切都要結束了，能多出三天，對我來說已非常幸運。這是一場賭注。三種結果，只要開出其中兩種，都算我贏，即使最後開出的是第三種結果，我也願賭服輸。施先生，很抱歉，其實我本來想說真話，但今天下午，我沒有立場向你坦白鑰匙的事。」

「什麼意思？你……你知道我的家傳之物在哪？」

畫家點點頭，「臺中有個吳氏公館，主人叫東碧，鑰匙便在吳家主人手裡。但我說沒有找鑰匙的必要，是真心的，畢竟鑰匙經池府王爺之手落入吳東碧手上，那已不是施家之物。」

「為何你知道是池府王爺經手的？你見過池大人嗎！」

畫家微微搖頭，露出苦笑。

「還是讓我從頭說起吧。我清楚自己犯下了世所難容的惡行，但這不是瘋狂，也不是為了對抗世人的愚昧，相信只有自己正確；我是為了找回失去的事物，做出這個選擇。很久以前，我決心獻身給藝術，為了藝術，我甚至不敢耽擱在自己的心情，怕偏離究極的美。直到失去，我才發現自己早已背棄了藝術……因為我連自己的心都沒有面對。」

「您是說陳同學的事嗎？如果我猜得不錯，〈河清海晏〉的內容，多半還是有事實根據的。」

「如您所說，〈河清海晏〉的故事，差不多就是事實。海晏死後，我跟鬼海同學傷心欲絕，但他不諒解我，說『為什麼死的不是你』。如果能選擇的話，我也希望死的是我啊！而且，從那一天起，我甚至不知該怎麼落筆。你們知道嗎？過去我以海晏為模特兒時，覺得天下無難事，無論怎樣奇絕的美，我都能表現出來！海晏死後，我心裡空蕩蕩的，每要下筆，都只剩失去他的空洞。這時我才驚覺，我曾以為海晏會阻撓我追求藝術，其實正相反，是海晏將究極的藝術賜與了我啊！」

即使已看過〈河清海晏〉，聽村上英夫以如此淒厲的口吻述說他的心境，仍叫我喘不過氣。我開始同情……不，是羨慕吧。能有如此放在心上的人，要不是陳遭遇不幸，他可能比任何人都幸福。

「您與鬼海同學是最先發現陳同學過世的人吧？他在沼澤裡見到鑰匙，這是真的嗎？」

「是真的，發現海晏時，除了他隨身攜帶的那把，手裡還有另一把，簡直像為了撿那把鑰匙而死。我跟鬼海同學將鑰匙當成海晏的遺物，一人持有一把。我一直不明白這鑰匙的意義……它跟海晏的死有關嗎？那天晚上，為何海晏要離開帳篷？他是為了撿鑰匙而死嗎？我以鑰匙紀念海晏的同時，也憎恨那把鑰匙，覺得是它帶走了海晏；關於鑰匙的謎，我本以為永遠不會有答案，直到去年底，我在一場平凡無奇的應酬上，得到了接近真相的機會。」

「就是關於臺中吳家的事吧。」

「您真讓人驚訝。正是如此。我在宴會上，遇上了一位王石鵬先生，也許你們也聽過他的名字。在偶然之下，我讓他看到那把鑰匙，他大吃一驚，說曾見過一樣的東西，只是材質不同。你們可能很難想像我當時的心情。我那時想，就算拿刀逼著這位老先生，也要讓他把知道的事全吐出來！施先生，我跟你一樣啊，即使事情已無法挽回，我也想要個解釋。我運氣好，那時王先生酒過三巡，已醉得差不多，所以對我的問題知無不言。據他所說，他一直在幫吳家找詛咒之物，因為吳家承受著某種家傳詛咒，為了對抗，只能以詛咒克制詛咒。這時，西川先生出現在他面前，給他一把鑰匙，並說是從施家得來，我也是這時聽說施家的遭遇。不幸的是，王先生對鑰匙的來歷所知不多，但西川先生知之甚詳，說什麼鑰匙是天命與詛咒的一體兩面，顯然很熟悉。」

「那人拿走鑰匙時，還假裝對鑰匙來歷一無所知！」施君咬牙切齒。

「既然西川先生清楚鑰匙的事，自然要當面問他，我就拜訪了報社，誰知西川先生徹底否認。一開始我以為他只是不想說，還糾纏不清，但後來越來越覺得不對，西川先生不像在隱瞞，更像被指責做了沒做的事，感到憤怒。難道西川先生沒有說謊？那麼，從施家拿走鑰匙，並轉手給吳家的人，到底是誰……？就是此時，我有了那個想法。如果那位西川先生其實就是天行使者、就是池府王爺呢？那麼，要知道鑰匙的真相，就只能找池府王爺了。」

「怎麼可能找池府王爺，難道是到廟裡求神問卜嗎！」我難以置信地說。

「我也這麼做了，但總是笑筊，池府王爺不打算回答我。顯然，靠一般手段，是無法從池府王爺那裡得到答案了。」

這男人真的瘋了，我驚駭地想。不擲筊，難道他是要池府王爺以肉身之姿出現在他面前，當面解釋給他聽嗎？池府王爺怎麼可能以這種方式露臉！但我似乎已被他的瘋狂感染，心裡竟隱隱認同；仔細一想，池府王爺不就在陳永華面前現身了嗎？而且，既然我都見到水鬼，這似乎不是徹底荒謬的。

「所以事情才變成這樣嗎？」林先生有些悲哀地說。

「不，如果這麼簡單就能做到，也太瘋狂了。逼池府王爺現身這種狂想，我只能放在心裡，聊以自慰，但〈河清海晏〉這篇小說，讓事情改變了。學校的女學生跟我說過後，鬼海同學來找我，他一見面，就指責我冒他的名義發表這篇作品。但我沒有。那是難以想像的衝擊，如果我們都不是作者，那會是誰？忽然，我想到了。」

「……陳同學，是嗎？」

村上先生以令人毛骨悚然的憨傻表情笑著，「當然，只可能是海晏寫的啊！已經死去的海晏，竟發表了這篇小說，我既興奮又感動，同時感到難以言喻的悲傷。為何明明都能寫這部小說了，卻不來見我呢？他不想見我嗎？〈河清海晏〉帶來的喜悅，不過短短一瞬，接著就將我推入了無生趣的絕望。既然如此，我沒什麼好畏懼的了，我剩下的生命，將只為了『答案』存在，如果最後沒有答案，就與無解一起消逝吧！所以我採取行動，並抱著一絲能使海晏露面的願望，挑戰池府王爺。」

「原來如此，難怪您說三種結果中，開出其中兩種結果就是您的勝利。但這兩種結果出現的機率，實在太低了啊！」

「什麼意思？」我忍不住問。

「國分老師，你眼前的男人，是打算以自己的餘生為賭注，逼迫賭桌上的對手一起攤牌。他的回合結束了，其他人的回合就不得不開始，問題是，牌桌上的對手真的存在嗎？村上老師，您選擇殺害鬼海同學，其中一個原因就是要陳同學露面吧。」

「不錯。明明寫了小說，卻避不見面，那要是發生什麼嚴重的事呢？我想賭這個極小的可能。」

林先生苦澀地笑，「就是這麼回事。鬼海同學真可憐，他將『作者是陳海晏』的可能帶到村上老師面前，引發了殺機；其實死的是誰都可以，但鬼海同學剛好位於種種不巧的集合位置。國分老師，您還不了解村上老師要怎麼挑戰池府王爺嗎？請想看看，池府王爺會在何時現身。以遇上『天狗迷亂』的施家為例，首先是與池府王爺本身的淵源，接著是不得不轉移鑰匙的情境，這兩個條件有可能被製造出來嗎？首先，要轉移鑰匙，持有者是必要的，那無論作者是誰，〈河清海晏〉作為公開出版的作品，已經提示鑰匙可能的下落，鬼海同學的死，會滿足『轉移鑰匙的必要』此一條件。但這遠遠不夠，陳同學死時，池府王爺就沒出現。在此，村上老師真的向『天狗迷亂』借鏡許多，如果站在池府王爺的角度想，假冒成他作亂，根本是挑釁吧！所以村上老師要再挑釁一次，他之所以讓鬼海同學的屍斑集中在臉部，就是要給池府王爺訊息：我知道你跟鑰匙的關係，殺人也是為了見你，不滿的話，就來找我吧！」

我壓抑著要發出尖叫的情緒，握緊雙拳。這個人瘋了。我知道他瘋了，但沒想到瘋到這種程度！即使現在池府王爺、水鬼、各種有的沒的妖魔鬼怪一齊出現在我面前，都不會帶給我這樣的恐怖；這種思考方式已經徹底歪斜，在這裡，彷彿整個世界的歪斜都集中在他身上！

「我想村上老師原本要謀殺的對象，應該是臺中的吳東碧，畢竟那跟池府王爺有最直接的聯繫。但〈河清海晏〉扭曲了原來的劇本，『作者是陳海晏』的可能，使鬼海同學被殺害的價值瞬間超過吳東碧，本來只是腦內空想的計畫，就像陳同學在陰間扣下扳機，擊發成為現實——如果陳同學有靈，一定不會對鬼海同學的死不聞不問！就算被譴責，村上老師也想見到陳同學，兩位明白嗎？」

「不明白！完全不明白！」我幾乎用痛罵的口吻吼出來。我指著這個男人，氣喘吁吁，「什麼引出池府王爺，什麼與陳同學再會，這全都是你的妄想！就因為你的妄想，死了一個人！還三種結果呢，只有一種結果，就是被警察逮捕！」

「對活人來說，這是理所當然的想法吧。」林先生哀傷地說，「但對生無可戀的人來說，事物的邊界已經模糊，正因身處絕望的深淵，本來不存在的選項，才變成可能。他追求的不是結果，只是區區的可能性罷了。」

「謝謝你，林先生。我也不期望他人理解。如您所說，這就是我的賭注，透過如此愚蠢的殺人，我挑釁神明、挑釁警察、挑釁我陰間的所愛。如果在意的話，就來找我吧，無論結果如何，我都能夠接受。」

他在海風中挺立。即使犯了罪，他也沒有懦弱，甚至帶著悲涼的驕傲；從剛剛開始，林先生的表情就非常複雜，彷彿有各種情緒滲透進去，在肌肉組織間堆積。悲傷、痛苦、諒解……這種表情，我只在宗教家或聖人臉上看過。

「不要謝，村上老師，其實我非常難受。因為，雖然您說自己沒有瘋狂，但不是的，事情本來不必如此……」

「我沒什麼好辯解的。」

海風粗暴地吹。浪花打在亂礁上，細細的海沫飛來。回過神來，竟已是漲潮時刻，海水開始淹上千疊敷，在村上先生的畫架腳邊流動。林先生默然不語，用穩重又溫柔的聲音說：

「村上老師，我們一起來解開一個謎，好嗎？有件事，我沒有答案，或許您能告訴我解答。」

我感到奇怪，事到如今，還有什麼謎？還不如趕快離開這個殺人鬼，去臺中尋回施家的鑰匙。才這麼想著，林先生指向我，「其實這裡的國分老師，不久前正處在足以致死的危險中，他被水鬼迷惑，差點淹死。您知道水鬼吧？您當然知道，陳同學是溺死在水中，也可能成為水鬼。不過，當時發生了非常古怪的事，那個水鬼似乎並不想要國分老師的命，它把國分老師引到海邊，是為了給他一個線索。」

林先生走向村上先生，我和施君渾身緊張，怕村上先生做出危險的事；但村上先生什麼都沒做。林先生將手上的菸頭交給他。

「就是這個。這個線索提示了您與本次事件的關係。這裡有個重大的謎團，水鬼作祟是為了轉世，但這個水鬼將傳達線索的重要性放在轉世之前，它一定跟這起事件有關，它到底是誰？這還帶來一個謎，為何要給我們線索？我想了半天，只想到一個可能：這水鬼在乎您，希望藉我們的手來阻止您。」

「可、可是——」村上先生恐懼地瞪大眼，他了解林先生想說什麼。

「對，您也意識到了吧？為何這麼在乎您、關心您、希望透過我們來阻止您的水鬼，不親自來阻止您呢？我無法解答這個問題。村上先生，您認為呢？」

這問題像炸彈一樣。村上先生盯著手上的菸頭，雙唇微微顫抖，呼吸也像野獸般急促起來，汗水從他額頭流下，在煤油燈的照耀中反射出金光。怎麼回事？我詫異地看著他。不過一個問題，他身上的氣場改變了！他眼神活了過來，鬼魅附身般的氣息散逸，原本彷彿時間流動到他身上都會停滯，但現在，時間再度流動。

接下來的事我一輩子都忘不掉。

燈塔那有如海怪的光，像尋找著獵物般環狀巡視，當它看向這裡，刺目的光令我暈眩，等視覺恢復，本來空無寂靜的海上，多了個影子。是那名少女——不，是水鬼。它看起來既安靜又孤獨，注視著村上英夫，彷彿村上英夫是那黑暗中不懂得熄滅的燭光。

「老師。」

青年畫家回過頭，深深吸了口氣，聲音既悲愴又歡欣。

「海晏！」

果然。剛剛聽林先生的話，我便這麼猜想了。這是何等悲傷又殘酷啊！水鬼溫柔地笑，在我眼中，它仍是少女，在施君眼裡，想必是不一樣的微笑吧。水鬼的聲音穿越浪濤而來，「老師，你終於看到我了。明明我一直在你身邊，你卻看不到，真過分啊。」

「海晏，我……」

村上英夫啞住了。

「沒關係啦，老師，已經沒事了喔。已經沒事了。」

「嗯……哈哈，當然沒事啦，因為我終於找到你了，哈哈哈！我找到你了！」村上英夫哈哈大笑，然後，他毫無預警地向前，奮不顧身投身於亂礁之中，海浪剛好打上來，猛然粉碎的浪花化為純白的舞臺布幕，淹沒了他。我們大吃一驚，跑向岸邊。他竟然會尋死！

我心跳加速，害怕看到他一頭撞在亂礁上的屍體，我不想在短短幾天內連續看到兩具屍體啊！

然而——

亂礁中什麼都沒有。

沒有屍體。連水鬼也消失了。只留下黑白兩種顏色的鑰匙，在波光粼粼中若隱若現。簡直像夢幻泡影。要不是村上先生的畫架還在原地，我一定會認為那不過是場夢境吧！這時，我腦海中閃過一句夢喃般的話。

白皙的奧菲莉亞飄蕩，如一朵碩大蓮花。

「真想不到，」施君在我身邊喃喃自語，他盯著汪洋大海，以哀憐的口吻說，「村上老師下的賭注，竟在最後翻盤了。」

是啊，真想不到，我點頭同意。

但現世之夢尚未結束。

海面上，一艘戎克船朝我們的方向行駛來。誰也沒注意到它是何時出現的，想必是從島的另一側繞過來，才沒看見吧。船上插滿火把，宛如一叢燃燒著的海上紅花，我看了暗自心驚，怕火焰燒到船帆。船梢站著一個人，熾烈的火光使他前方凝聚了濃濃的影子，看不見他的臉。

這種時間，出現這樣的一艘船，怎麼想都不尋常。我們不確定對方來意，便退到離海岸有些距離之處。船停在萬人堆與千疊敷交界，站在船梢的人跳上島，是名男子，他朝我們走來，不多時，天上的星光逐漸取代火光，勾勒出他臉部的輪廓，我緊繃起來，我認識這個人。

金關丈夫。

他是來幹什麼的！我看向林先生，他曾說要趕在金關丈夫之前，現在我們趕上了嗎？不過，金關丈夫一副有恃無恐的態度，要是事情還沒結束……

「西川先生！」

施君忽然拉住我，滿臉驚恐，「國分先生，他就是假冒成西川先生的人！」我大為震驚，金關丈夫假冒成西川先生？他到底有何目的！這時，比起困惑或害怕，我更感到憤怒。如果施君說的沒錯，金關丈夫就是個可恨的騙子！我大聲喝叱：

「金關先生，你到底有何目的！為何要騙走施家的鑰匙？」

金關丈夫揚起眉，「哼」的一聲笑了，這令我更加惱火，有什麼好笑的！誰知林先生居然也笑了，不過更像苦笑，他無奈地拍著我的肩膀，「國分老師，您不用這麼生氣，此人也許有正當的理由啊！而且，就像他不是西川滿，他也不是金關丈夫。」

「您怎麼知道？」

「我當然知道，您看我的名片就明白了。」林熊生取出他的名片，我接過來看，上面以毛筆寫著：

臺北帝國大學解剖學第二講座
醫學博士　金關丈夫

我如遭雷劈，失聲驚呼。

「您才是金關丈夫?!」

施君湊過來，滿臉不解，沒有警察署那番遭遇，他的衝擊自然沒有我大。林先生——不，金關先生有些靦腆，「抱歉開了個小玩笑，我也曾想找機會表明，但一直開不了口，也怕給你們帶來多餘的混亂。不過，眼前有更重要的事。」他看向那名神祕男子。

「所以您就是池大人嗎？」

什麼！金關丈夫是池……算了，我麻木了。驚訝居然也能麻木，這一晚還真是各種受教。總之，無論接下來發生什麼事，我都不會意外了。

「誰知道呢？」神祕男子聳肩微笑，「也許這艘船只是亮了點，並不是王船，光看外表，我跟你們也沒有區別。說我是池府王爺也好，不是也好，這裡都沒有證據啊。」

他不置可否，我卻直覺感到他是真貨；該怎麼說呢，他有相應的氣度。出大學後，動不動就見到有人主張自己是大人物，為一點虛名爭到臉紅脖子粗，那樣的人，看不出半點「真實」。「真實」是獨一無二的，本就不必積極主張。

「雖然您這麼說，但村上老師的挑釁確實有效吧？所以您才出現在警察署。」

神祕男子笑了笑，往亂礁的方向走去。

「你是把我當成池府王爺了吧？也好，就順著你的意，作為我的敬意吧。確實看到鬼海守的死狀，很難視而不見，但村上英夫跟那水鬼弄錯了，我在確定鬼海守的遺物沒有鑰匙後，就沒興趣了，我不會對村上英夫做什麼，也不會在他面前現身。現在會來，是因為鑰匙需要新的主人。」

他扶著礁石，走進海水。剛剛的話，等於是承認了……？施君望向我，神色緊張，他鼓起勇氣，「池大人……如果您是池大人，我想問您事情結束了嗎？我不必去尋回鑰匙了吧？施家的命運已經決定，是這樣嗎？」

「天泉，施家的命運，怎會問我呢？不過你問這個問題，我也有責任。借用他人名義，讓你錯亂，是我不好，如果能讓你相信沒有詛咒便結束此事，那就好了。這麼說吧，施家的任務已經結束了。說拿走鑰匙會帶來不幸，是言過其實，我沒說到那種程度，我想是在傳言的過程中，有誰加油添醋了吧。」

施君跟我鬆了口氣。太好了！光這句話，我們這趟就沒白來；我忽然想到一事，「那，呃，村上先生跟陳他們……怎麼了？」

「嗯……用通俗的說法，水鬼不抓交替，會永遠被困住，但對他們來說，永遠或許是一種幸福，可以這樣理解吧。」男子從水中撈起鑰匙，返回岸上。兩把鑰匙看來平凡無奇，海水滑過它們金屬製的身軀，滴進被潮水覆蓋的千疊敷，薄薄的海映照著星空，有種壯麗的幻想之美，不遠處宛若燃燒著的戎克船，在靜謐中，也像放慢了姿態。

我這才意識到我們正在某個神聖的時刻。水面像托著我們的星空，宏偉的銀河橫亙眼前，蕩漾著令人屏息的光彩；我們站在此岸，而獨立在銀河彼端，比海中的金星更為耀眼醒目的身影，則是被尊為「王爺」的神明。祂開口說話。

「金關先生，還記得我說過不要太深入調查鑰匙的事吧？你深入到這個程度，真是始料未及。依我之見，你已贏得資格，如何？你想成為鑰匙的下一任擁有者嗎？」

男子伸出兩隻手，各自擺著黑色與白色的鑰匙。我張大眼，緊張起來。他在說什麼啊？當然不要！想想施家、陳海晏、鬼海守、村上英夫，他們難道有好下場嗎？但金關先生並未馬上拒絕，他盯著兩把鑰匙，眼神熾熱的程度，彷彿裡頭隱藏著驚人的謎團，而他打算將其解開。

我抓住他的手腕。

這位醫學博士看向我，歪起嘴角，愉悅地笑了。那笑容像在說，沒什麼好擔心的，接著他轉向「王爺」。

「我的決定是——」

●

接下來就是畫蛇添足了。

姑且說些後日談吧。村上先生失蹤了，被當成畏罪潛逃，只留下最後的作品「社寮銀瀾」。意外的是，那個晚上，畫被添上了什麼。泛著月色的波濤中，站著一名面貌模糊的少年，剛好就在水鬼現身的位置。除了我們，誰也不明白海上少年的意義。

在那之後，我跟金關先生成為好友，我動不動到臺北找他，他有空也來臺南。我們討論各種考古計畫，有些前人發現的遺址，還沒被正式挖掘，臺灣考古學的黃金時代真的快要來臨了，多的是比黃金還珍貴的事物！

後來我才知道，鬼海守事件中，金關先生早就聯繫警察了。在船越旅館分別後，他立刻回基隆警察署處理此事。之所以能蒐集臺北一中的學生作文，也是公權力介入之故。

但調查結果，〈河清海晏〉的作者並非學生。將稿件對照臺北一中的教職員筆跡，發現小說正是村上英夫本人所寫。那麼，他說自己並非作者，便是謊言了。在那種情況下，他為何說謊？他也知道我們打算對照筆跡啊！對於此事，金關先生有他的看法：

「也許村上老師沒有說謊。就像〈柳湯事件〉裡的青年，他受幻覺所苦，不確定自己做過什麼，或沒做過什麼。無論如何，〈河清海晏〉一定包藏了村上老師重大的煩惱與痛苦，所以非寫出來不可。」

「如果只是想發洩心緒，我可以理解，但他為何投稿？」

「這只是我的猜想。恐怕，他心裡有個希望成真的願望，希望透過公開〈河清海晏〉，使其成真吧？看小說時我就有疑問，為何陳一開始拿到的鑰匙會變色？小說中，陳的鑰匙由白轉黑，而他在沼澤看到的鑰匙是白的；村上老師說，事後他跟鬼海各自保管一把鑰匙，我聽了馬上想，他們各自是保管哪一把鑰匙？」

「啊！」

「發現陳的屍體的當下，鬼海跟村上老師說不定起了衝突，而鬼海率先拿走了陳原本的鑰匙，也就是白色那把。後來在沼澤發現的，其實是黑的。村上老師收下黑色鑰匙，但白色鑰匙才有紀念價值，久而久之，他會不會開始妄想呢？其實黑色鑰匙才是陳身上的鑰匙之類的……」

「但這樣的話，一開始就將陳身上的鑰匙寫成黑色不就好了？」

「我想是因為他無法扭曲對陳的回憶吧。當時陳不是說了嗎？『你們看，是星星』，如果那時就是黑色鑰匙，這一幕就說不過去了。不過，這只是他個人妄想，如果公開發表，被更多人認識、保證，妄想也能化為現實。」

我心中感慨。

「難怪鬼海會立刻衝去找村上先生，他一定很氣村上先生扭曲事實。」

「是的。從這個角度看，真正扣下扳機，讓村上老師執行計畫的，並非小說，而是被《文藝臺灣》刊載出來這件事。當然，臺灣文藝聯盟的朋友們是無罪的。」

如果這就是真相，那是何等偏執的感情啊！或許他無法看到陳的鬼魂，就是這個原因。活在妄想中的他，終究無法正視自己的內心。最終，他還是選擇了裝飾過的「藝術」，而不是面對自己。

至於鑰匙是什麼，我跟金關先生也討論了很多。鑰匙既然是鑰匙，就一定是為了打開什麼而存在。但是，究竟能打開什麼？在它們轉手這麼多次的過程中，曾打開過什麼嗎？

我不是鑰匙的持有者。

所以我沒有回答這問題的資格。但我相信，未來某一天，一定會出現能回答的人吧！某個持有鑰匙的人，能回答這個最純樸的答案——鑰匙究竟能打開什麼、是為了什麼存在。

只是能回答這個問題的人，不是我。

鏡裡繁花

盛浩偉

一　再說「多重渡引觀點」

曾經，小說家李渝在〈無岸之河〉這篇作品裡，提出過一種名叫「多重渡引觀點」的看法。

顧名思義，這是指小說的敘事觀點由一個引渡至另一個，讓故事裡的人物說出另一則故事，故事之中還有人物，人物又還有故事，以此類推，層層緜延。

李渝的原文是這樣描述的。

「小說家布置多重機關，設下幾道渡口，拉長視的距離，讀者的我們要由他帶領進入人物，再由人物經過構圖框格般的門或窗，看進如同進行在鏡頭內或舞台上的活動，這麼長距離的，有意地『觀看』過去，普通的變得不普通，寫實的變得不寫實，遙遠又奇異的氣氛出現了。」

遙遠又奇異的氣氛。照李渝的話，那是指「日常終究離去了猥瑣，轉成神奇」。

觀點之引渡，正是傳說。本來，所謂傳說，就誕生於一傳、一說之間。經由傳承，聽故事者和過往相連，經由訴說，說故事者與未來相連。傳說的神奇，就在於它從茫然而繁瑣的現象世界闢出甬道，並引領一批又一批的人們航渡時間之流，彼此交織，繫成網絡，穿透每一個轉瞬即將成為過往的當下，望見他人之所望見，傳遞著應當被記憶之事。

記憶這一項動作，本身就是有意義的，對任何人而言都是如此。無論記得的是什麼、無論記得的內容相不相同。反面來看，彼此記得的內容不同，才證成記憶對每個人的意義，否則，只要選出一群人，專門負責替所有人記得那些應當被記得的、忘卻那些餘贅就好。這是傳說與歷史的根本抵觸，縱使傳說中偶有偏離事實，甚或鬼怪神靈之類的畫蛇添足。

歷史注重記憶內容的正確，但傳說注重的是、注重的只是，有人會記得。

於我，我是感念有人記得的。雖則，在開展傳說的這張網絡當中，我的地位實則和其他同樣也記得些什麼的人平等，並不特別重要。畢竟，傳說抹消了言說者的絕對權柄，人人有讓渡他人的義務，亦有受人讓渡的機會。

然而我還是聽說了。從一位，姑且稱她為X小姐，的口中所道出。

事情是這樣的，一天夜裡，X小姐接到大學時期通識課認識的電機系男同學邀約，說是久疏問候，偶然想起，即刻起而行。她心想的確畢業已過三五年，當初相處也算愉快，難得可以聊上天、見著面，於是爽快答應。

隔週週末，她依約來到男士訂好位的餐廳。那是間看上去還算體面、稍具消費力的大學生也大概都吃得起的連鎖餐廳，雖然如今她小有歷練，和人見面已經很久沒約在這類地方，可一接近門口，大學生那種彷彿被赦免的時光記憶，霎時間就捲上心頭。

對方還沒現身，侍者卻很熱心地招呼。她報上姓名、時間，侍者稍作確認，很快就領她入內。

穿越裝潢時髦洋風的店面玄關，昏暗的燈光從一個個窗櫺隔板中閃現，隔板劃出的隔間裡盡是打扮年輕、意氣高昂的少男少女。侍者引她拐彎又拐彎，經過開放桌區的喧囂，踩著黑白交錯的仿大理石地板，到盡頭，侍者告訴她，下樓梯後左轉，最裡頭的位置。

她伸手微微扶貼牆面，走下窄仄的階梯，燈光更加昏暗。按著指示，她找到座位，入了座，拿出手機，正想傳訊告知對方，纔發現沒有訊號。她本打算起身上樓找個空曠的地方，卻又思及這僅僅一小間餐廳卻沿路曲折，讓人頗感疲憊，遂乾脆做罷。

百無聊賴時，隔壁桌幾個人的聲音傳了過來。她無意偷聽，但從片斷的話語裡，推測出他們幾個人似乎是民俗故事或文學之愛好者。她的視線穿越窗櫺空格，望向對面那位戴著眼鏡的短髮女性。

戴著眼鏡的短髮女性正說著她們家古老大宅裡發生的不尋常之事，坐在外側兩端的另兩位男性則不時搭話，話裡不脫小說家作品，諸如「這不就和某某作品相似」、「好像誰寫的什麼故事」、「應該類近某某習俗」，等等。

說故事的短髮女子身旁，還有一位同樣短髮、未戴眼鏡的女性坐在角落，不搭話，只凝神靜聽，聽得出神。

樓梯口一位男子匆匆走來，她乍看，還以為是對方趕來赴約。只見那男子狼狽地走向隔壁桌，進入窗櫺隔板後，正好背對著她。

他先是招呼與致歉，而後倉皇翻找背包。短髮未戴眼鏡的女性遞上菜單。先點些什麼吧。她說。

他微微致謝。隔壁桌的她，則無可抑止地在意著那位遲到男子衣領背後那若有似無的污漬。

我不太餓，他說，一杯冰紅茶就好。

將侍者招呼過來，點完餐後，他們幾個開始自我介紹了。

燈光打在窗櫺格上，朝桌面投下朦朧暗影。

有幾個名字，她彷彿在書店架上或社群媒體見過，但並不熟悉。

作為補充，戴著眼鏡的短髮女性將剛才的故事又說了一遍，但遲到男子只表示驚嘆，並沒有多做評論。

他伸手拿起玻璃杯，輕啜一口白水，橙黃的光線射入，恍若炸裂一般璀璨。

比較遠那端的男性開口了，看來他就是這次邀集整桌的人物。他說，就和先前發出邀請所說的一樣，想和在坐各位進行一項共同創作。男子耐心地說明動機，想法，整桌的人專心聽著，有人低下頭沉思，有人直勾勾盯著他。語畢，他定睛問道，「各位有什麼意見？」

比較近這端的男性，很快地說，不如採取接龍的方式。他隨後介紹了一些國外先行的有趣案例，而坐在隔壁桌的她，也莫名其妙隨著話語，陷進連翩奇想之中。

侍者送上冰紅茶，眾人有默契地噤口。

遲到男子動身。她以為是要拿茶，沒想到是舉起了手。

我有一個提議，他說。

原來剛才那古老大宅的怪談，使他憶起另一件謎樣之事。

她竟也不自覺湊近。

遲到男子說了一段關於鑰匙的故事。故事裡頭有許多人名，似乎是某人在臨終前，將一副重要的鑰匙交付給別人；但她未能立即領略人物之間彼此的關聯，只大致從那語調的高低起伏，以及男子對該時代的描述，感受到其中或許藏有什麼未解的奇異。

餐廳的音樂從熱鬧喧囂轉為低迴沉穩的風格。

一把不知道有什麼用途的鑰匙。那實在太令人好奇。

鑰匙會是什麼？它能夠打開什麼？又何以，必須交付？遲到男子再解釋了這些人物是誰。他說到「呂赫若」有才華，帥氣、風流，卻也有負心的評價，因他婚姻外還有一愛人「蘇玉蘭」。他也說到了愛好藝文、在家中舉辦沙龍的「辜顏碧霞」，她的性格堅貞，在丈夫過世後誓言守寡，爾後大家族分產，獲高砂鐵工廠，成為臺灣第一位女社長，獨自扶養子女成人。他還說到了，一九四九年國民黨緝捕辜顏碧霞後，將高砂鐵工廠充公，作為「保密局北所」關政治犯，並囚禁辜顏碧霞於其中共五年之久。

說明結束，遲到男子提出了一個猜想。從他的語調中，她感受到了一種在艱困的環境之下，在妥協與不得已與種種醜惡的隙罅間，依舊緊守著某些堅持的人性，崇高的靈魂形象頓時彷彿躍然眼前；縱使，她依舊全然不知這些人到底是誰，也不曉得自己所理解的到底正不正確，但話語確實勾動了她的想像。

男子說完，整桌人開始你一言、我一語地討論了起來，氣氛頓時熱烈，熱烈得她也想插入這個話題。

此時，邀約她的男生終於現身，一臉歉疚地連忙抱歉。原來路上不巧發生車禍，嚴重塞車，到了附近又難找停車位，傳訊息、打電話都沒回應，更讓他心焦，恐怕這難得的見面被搞砸。

X小姐惱怒。

倒不是因為遲到，而是他來得不是時機，打斷了她參與隔壁桌話題的後續。

餐廳的音樂又轉為庸俗而抒情的旋律。

幾天以後，當X小姐和友人見面，聊到這一經驗時，特別強調了她的好奇與懊悔。

我則在一旁聽得津津有味。

並且感念：原來有人記得。

倘使非為傳、非為說，倘使觀點沒有在這幾個不同的人物之間層層引渡，沒有在不同情境底下開展出不同面貌，恐怕不會有人記得這樣一件微不足道、在正史之中注定受忽略、必然被遺忘的小事。

縱使我所聽到的版本，已經與我所知曉的版本相去甚遠。

但那又何妨？

總是有人記得，不只是我。有人記得，才會有人願意校準；若是無人校準，不也表示了，被傳下的，正是對所有人而言都最好的版本？

總之，光是傳說，光是記得，就能使這一切，成為持續存在可能，不至灰飛煙滅。

不至什麼也不剩。

二　鏡花

終戰後，赫若開心在院子裡勤教子女唱中華民國國歌時，絕不會預料到，不過四年，自己將轉而坐在這裡。

街上肅殺的氣氛，比兩年前悲劇發生的那段期間，還要更為暴戾。

然而碧霞心中，竟閃過一絲欣喜。

這些年，多少次望著鏡中的自己，都會陷入危險的遐想。

沿著微垂的眉角，看見那對憂悒的眼偏著向自己望來，彷彿是他的。

那麼相似。四二年的秋天，在文藝沙龍初次見面，他注意到的是兩人同年出生，她則注意到他的眼。

許是因為他說完話之後燦爛地笑了，才使她深深記下了前一刻的憂悒。

此後，她總是在自己的眼裡看見他。

鏡裡還映著桌上那只空虛的陶瓷花瓶。

微風拂動薄簾，光線透過玻璃顯得那麼旖旎。

如今那對眼就在她的面前。

這幾年社會的顛簸，讓人深感時間過得太快，卻也過得太慢。
光復不過四年，送走殖民者時的想望還未實現，對國民政府的期待就先落了空。
桌上的茶還冒著氤氳水氣。
從前他的憂悒帶著一點熱情和溫柔，在他歌唱或是談論文學的時候就會不自覺地流露出來。
一直有許多人簇擁在他身邊。
而她遠遠看著，就覺得心好像被什麼充滿了似的。
只有他的憂悒能使她時時刻刻努力撐起的堅強瞬間鬆懈。
若不是十二年前的自己叫醒了她，沉默仍將持續下去。
「來找我，有什麼事？」
其實她不必多問，街上早就有了黑名單的傳聞。
這幾個月國民政府暗地裡處刑地下組織，大家是明白的。
赫若拿出了印刷所文件與地契，說是需要盤纏。
他指著文件上記載的資訊，詢問這樣能抵押多少錢。
算一算，那不是小數目。

「要去很遠的地方？」

「我猜，妳或許已經有底了。」

碧霞點頭，沒有說出逃亡這兩個字。

不多說。那是他在當麗卿的鋼琴老師時，兩人就培養出的默契。

他們早就領悟，多說一句話，可能就要害她打破誓言。

十二年前跪在丈夫靈前發誓守寡的時候，她還不知道感情會無法自主。

沙龍上那一眼，是她這輩子第一次真正動了心。

雖然她並沒有告訴他，但她想他是明白的。

「來當女兒的鋼琴老師吧。」

她永遠記得說這句話時，他的神情與反應。

之後他們總是對彼此都欲言又止，都知道欲言又止的必要。

所以知道蘇玉蘭的事情以後，她費了好大的功夫，才解開心裡的妒恨。

現在她已經理解，能夠自主的，只有努力忍下對眼前的他寄予過多擔慮。

讓付出就只是無牽無掛無悔的付出，不能貪圖什麼。

兩千，她想。這樣對他來說，應該足夠吧。

她喃喃算著。

但他終究是握起了她的手。

「也許光是這樣，也會連累妳。」

她裝作什麼事情也沒有。

「借人旅費而已不犯法。國民黨不會無理成這樣吧？」

雖然碧霞已經很久，沒有在臺北摸過這樣發燙的手心了。

赫若自覺不該過於衝動。

他鬆開手，低下了頭。

他畢竟也不是個能夠自主情感的人。

碧霞對自己的冷淡感到後悔。

「回來，再來打聲招呼。不管多久。」

她思忖著，要不違背誓言，只能說出這樣的話。

赫若垂下雙眼，滄桑的臉龐綻出微微笑意。

那是他心中隱約有著的奇異預感。

也許這次，是真回不來了。

他微笑著，從行囊裡，取出一只上鎖的小木箱，擺在桌上。

碧霞盯著木箱金屬鎖片上，燻得烏亮的螺旋雕花紋。

「還有這個。」

這是金關丈夫引揚前，送給他的禮物。

他告訴她，去年偶然在古亭的家外，碰見留任臺灣大學教授的金關丈夫。

遠方正傳來臺車鐵軌喀噠喀噠的震動。

「臺灣的東西，還是該留在臺灣。」金關丈夫感慨地說，「也許這就是命運使然。第一眼見到你時，我就想，或許託交給你，是最適合的了。」

確實他們初次在山水亭相遇的時候，呂赫若已經知道了這只木箱的存在。

那天傍晚，山水亭比往常還要熱鬧。

老闆王井泉心情好，特地招待了他一些餐點。

碰巧，沒過多久，金關丈夫踏進店裡。

熱心的王井泉又連忙介紹兩人認識。

「金關先生，久仰。初次見面。」

「呂桑，恭喜。先前拜讀過您的〈財子壽〉，印象深刻。」

那是他還在日本困苦地學習聲樂時，拚了命才寫出的作品。

他依然記得，在日本見到作品被印成活字刊載在雜誌上的喜悅。

那時在東京只能住在窄小的房間裡，日子時常難以溫飽，咳嗽的狀況也越來越嚴重。

他不禁懷疑，毅然決然跑到東京，是否反而離夢想越來越遠。

所以收到《臺灣文學》雜誌的時候，心裡不禁興起強烈的念頭。

或許回臺灣也好吧，他想。

那就是四二年。幾個月後的秋天，他就認識了她。

店裡充滿喧騰的興致。

「然而……」

金關丈夫壓低了音量。

「以我的身分，不免注意到，您一開頭寫著『雖說今日已是文明時代』，但是『部落的人民格外相信有妖怪出沒』。您自己呢，相信麼？」

「民俗自然是重要的。」

「不是重不重要，是相不相信。」

他搞不清楚，這是不是個認真的問題。

金關丈夫察覺到他的茫然。

他喝了一口酒，若有所思了一會。

「是這樣的。您的小說——雖然，勢必不是您的主題——寫到迷信，還寫到偷鑰匙的情節。雖然，都是十分瑣碎的細節，卻仍然激起我的聯想。」

隨後，金關丈夫說起幾年前的奇妙經驗。

四周客人的喧囂，彷彿頓時被一道無形的牆隔在背後。

他的思緒就這樣從當下逸脫，進入了真空。

等回過神來，竟已深夜。

路燈把人影照得好長好長，彷彿在亭仔腳裡跳舞一樣。

茶都涼了。

碧霞聽著赫若的轉述，想起他當麗卿鋼琴老師，進出家中的時光。

她很久沒有聽他說起這些文壇好友的軼事。

女兒一下課，他穿起西裝外套，準備離去時，總會說上兩三句。

受新式教育長大，年紀輕輕就嫁入豪門，體會到現實的人情冷暖，又被迫得表現得男人一般堅強。僅僅是這樣幾句和文藝有關的話，也能如荒漠裡的綠洲般，勾引起她的美好想像。

就像這一把小小的鑰匙，也開啟了她的思緒。

「但鑰匙是什麼，還是一團謎。」

「那麼，箱子是怎麼回事？」

「金關先生再有膽識，但總歸是人。」

對發生不幸的擔憂，到底還是日漸滋長。

沒能解開鑰匙的祕密，卻又出於害怕，金關丈夫開始研究破除迷信的方式。

從架上搬到桌上來的書已經堆得如山般高，也四處發了信探詢。

後來某天，他坐在研究室，看著桌上的鑰匙，抬頭又看見門上的鑰匙孔。

他遂請匠人依鑰匙的形狀，打了一副鎖。

並特地加上難以破解的機關，讓這副鎖，除了強行破壞之外，唯有這把鑰匙，才打得開。

「神聖與實用，往往是對立的兩極。」喝到微醺的金關丈夫這麼和赫若說。

給鑰匙一副鎖，讓它只能打開已知的東西，也許，它就再不會打開未知的東西。

例如厄運。

「我懷疑過，這有沒有效。」

「結果呢？」

他搖頭。

「沒有人知道答案。可是至少，到目前，我、金關先生，都並未遭遇不幸。」

她再一次將目光移到金屬鎖片上的螺旋雕花紋。

花紋縫裡竄出的烏黑，透露出遙遠而古老的氛圍。

鑰匙孔深邃地位在正中間，那麼莊嚴。

唯有一把鑰匙可以打開它。

但世界上，有這麼絕對的事情麼？

少數她曾經以為是絕對的，最後時常背叛了她。

她以為自己對丈夫的堅貞曾經是那樣。

她對他的情感也曾經是那樣。

她以為，他對她也是。

直到蘇玉蘭的事情曝光。

那是她一直不敢多想與多問的事。

為什麼有人只能全心全意地愛著一個人，有人卻可以平等地將愛分送給所有他愛的人？

但她知道自己沒有資格探問。

連談論一個字都無法。

之後她只渴求，確知他的這份愛是存在的。

即使這樣的渴求，對她來說如同禁忌。

誓言不能輕易打破的。

「拿這箱子過來，是什麼意思？」

「替我保管，好嗎？」

她從這句話語氣裡的陌生，感受到與手心全然相反的冷冽。

他從未這樣說過話。

「我把只想告訴妳的話，裝在箱子裡頭。如果我沒有來取回，妳就將它打開。」

只想告訴她的話。

可以直接說的，何必這麼麻煩？

但她憋下了這一句。

「也許這不是最好的辦法，但我一時，想不出更好的辦法。」

只有唯一一種方法可以打開的箱子，才能確保，話是傳給指定的人。

「箱子的鑰匙寄在郭雪湖那裡。連同家裡備用鑰匙串在一起，避免起疑。我信任他。」

他還叮嚀，別太快打開這只箱子。

有些話，時候還沒到，是不能說的。

碧霞心中，忽然也有了和他同樣的奇異預感。

不是第一次面臨告別的場景，她卻始終無法習慣。

「要是牽連太多，國民黨更不會簡單放過妳。」

微風拂過薄簾，光影悄聲地騷動。

他離開以後，她就把自己一個人關在房間裡。

日後，當碧霞在寂冷的牢房中突然驚醒過來，偶爾就會想起他說那句話的神情。

在牢裡，整天想著濂松、麗卿與麗芳。再來，就是想起他。

若是能夠預見這樣的結果，或許當初她就憋不下那一句話。

窗子的鐵欄杆之間透著濃黑的夜，雨水打在淡水河面上。

遠處響起悶雷。

她起身，望向窗外，牆外角落一灘水窪裡，斜斜地瞥見自己的倒影。

「那時繼續問下去的話，他會親口說麼？」

第一次有這個想法時，她曾感到刻骨的羞愧。

但要是聽見他親口說……

要是能夠聽見他親口說。

被關進牢房以前，她就打開了箱子。

赫若離開後沒多久，碧霞終於止不住好奇，聯絡了林阿琴，要和雪湖拿鑰匙。

金屬撞擊發出了清脆的聲響。

那只唯一的鑰匙，即使在整串當中也顯得特別。

「這些是什麼的鑰匙呢？」

林阿琴這樣問，她只是低聲地回答：

「我也不曉得。」

留下阿琴與雪湖的疑惑。

牆上那幅〈南街殷賑〉彷彿以不再的熱鬧替她送行。

那日的天光被鎖在雲霧的靉靆裡。

電線桿一支支孤單地立在路邊。

她匆匆趕回家中，翻出那只小木箱，慎重地放在梳妝台上。
鏡裡依舊映著那只空虛的陶瓷花瓶。
過分吻合的鑰匙孔幾乎是將鑰匙吸入其中。
一打開，裡頭只有簡單幾個字句。
或許她早該想到寫的是什麼。
親眼看到，她還是禁不住地流下淚來。
雨漸漸歇止，依稀聽得見悉悉窣窣的蟲鳴。
草的氣味混著泥土悶濕的氣味傳了過來。
烏雲間透出了格外刺眼的半月。
在牢裡，她隔著鐵欄杆，看見了整場雨的開始與結尾。
水窪裡的倒影少了那只空虛的陶瓷花瓶。
當她終於發現在自己的眼中看不到他的那雙眼，她竟只是將額頭輕輕靠在冰冷的牆上。
那個時候，打開盒子，裡頭只寫著對她的感謝與道歉。
以及一句「我深愛著妳」。
如果不是作為遺言，她恐怕這輩子是盼不到這句話的。

等收到了這句話，才開始後悔。
卻不清楚為了什麼而後悔。
但她不能再哭。該流的淚，早就已經流過了，多一滴都不行。
水窪裡映著的半月那麼刺眼。
她努力告訴自己，再多——
再多，誓言就要破了。

三　鍵

鑰匙勢必是為了打開鎖而存在——盛浩偉構思自己接龍的部分時，便是由此著手。
「可是，鎖呢？」到了後來，他才注意到當初提議時，留下的漏洞。他想：我們以鑰匙為謎的軸線，是否從根本上就注定偏離了真相？鑰匙之所以成謎，並非鑰匙本身是謎，而是因為鎖的消失。
所以關鍵不該是鑰匙是什麼，而是鎖怎麼會不見；會誤認鑰匙是謎，代表真正待解開的謎團尚未被發現。然而，當盛浩偉想通這件事情時，他寫作的期限只剩下兩個小時，前面的四位小說家也早已將故事寫好，來不及再把這個細節——甚至是訂在最初的規則中——拿出來和其他人討論。

然而，在他的記憶中，搜尋資料的過程裡，似乎確實有鎖的出現。有一個明確的鎖的形象，烙在他的腦海裡。他仔細回想準備時到底找過哪些相關資料：從辜顏碧霞的《流》、《呂赫若小說全集》和《呂赫若日記》、蘇玉蘭與林至潔的關係、郭雪湖的傳記數種與林阿琴的報導，再到李渝《溫州街的故事》、《應答的鄉岸》……

是了，那是郭松棻的〈月印〉。

小說裡的男主角鐵敏「有一箱子書，上了鎖放在他的書桌邊」，這箱子書卻引起女主角文惠，也是鐵敏的妻的好奇。最終，這箱子書，便成為小說人物命運的關鍵。

這關鍵的箱子。盛浩偉決定將那個當前遺失的鎖設定在一只箱子上。但接下來又他馬上被自身習慣的思考模式所攫獲。他思索的不是箱子是什麼，而是玩味起「關鍵」這個詞。日文裡的「鍵」，就是鑰匙，象徵開啟，正好與「關」的相反。這麼一來，關鍵，這二字分開來互為對倒，合起來，意義則在一闔與一開之間。

那麼既然如此，箱子是什麼，似乎就只是次要，重要的是闔與開——

但闔與開本身，有意義嗎？他陷入苦思。即使重要的是闔與開，但不可能與其中之物毫無干係。闔是為了保存其中之物，開是為了顯露其中之物，總之，其中不可能是無物；可是，他又深深覺得，當中無論是什麼，都不會是最好的答案。

要怎麼思考一個，空無一物，卻富有意義的，上鎖的箱子呢？

盛浩偉忽而想起，當初，其實最早是宿舍室友D和他說了這一件事的。

那是四年前，他們都準備考研究所，盛浩偉考臺灣文學研究所，D考歷史所，準備方向不同，卻常一起窩在圖書館自習室讀書。他懶得每日整理，又貪心，遂整天揹著一個大包，裝滿理論和小說；D則完全相反，只帶當日進度的分量出門，每天整理，不多不少。若是進展得順利、先讀完了，便從盛浩偉腳邊那一大袋書裡取小說來讀。

D讀得比較快，無論研究所考試，還是小說。

某日讀書空檔，D沒頭沒腦和他說，「真想知道那串鑰匙能打開什麼。」

「鑰匙？」盛浩偉說，「哪串鑰匙？」

「郭松棻說的那串。」盛浩偉還是一頭霧水，D才告訴他，是看了那袋子書裡的《郭松棻集》，覺得特別喜歡，又碰巧發現《驚婚》出版沒多久，買來一讀，才在書後附錄的訪談發現這段話。他轉述那段訪談，「不覺得很神奇嗎？」

「真不曉得，現在這串鑰匙的下落。」

他順手關了桌燈，柔和橙黃的燈光瞬間消失，剩天花板上螢白得令人目眩的燈光直直投在他的臉上，冷氣嗡嗡地安靜地響，摻雜書頁摩娑之聲，既安穩又隱含著噪動，那一刻，在整段淡如白水的苦讀時光裡，散發著奇異的氣味與光芒。

那一刻的奇異感受，深深烙在盛浩偉的腦海，可記憶裡卻有疏漏，不特別去想，好容易就遺忘曾經是誰告訴過他這件事。

他從書架上取出《驚婚》，將那段作為小說接龍開頭的敘述又仔細重看一次。奇怪的是，彷彿和他記憶裡D所說的版本，並不相同。他依稀記得，D的版本，充滿私人情愛與奇想冒險，彷彿那串鑰匙是信物般，是對於一種殷殷企盼的應答，由呂赫若交到辜顏碧霞的手中，而非郭雪湖。

這與郭松棻最原始口述的版本，顯然有很大落差。

——但為什麼郭松棻要特地提起辜顏碧霞呢，如果鑰匙和她無關的話。

盛浩偉困惑了起來。他打開臉書訊息，點選了D，傳了好長一段訊息，說明由來，以及當時的記憶。

「你還記得嗎？」他問。未幾，D傳來簡短回覆，只四個字，「不記得了」，附帶一句，「這種小事，誰會記得」。

這種小事，誰會記得？

確實，這終歸，也不過就是某個時代之日常，替人保管鑰匙，極可能根本只是出於凡俗平庸的理由，背後沒有神話。

但他難以接受這個答案。只因為那一刻的奇異感受，是如此真實，真實得令他覺得，整部臺灣文學史彷佛只是舞台上演出的劇碼，而舞台之下，藏有更多故事。這份真實感受誘動了多少日後他對臺灣文學的熱情，他想。

然而面對當前困境，他忽然有些後悔，早知道當初就不要下如此豪語。

第一次在古拉爵餐廳討論的夜晚，五個人決定了接龍順序，也決定了憑自己擅長的寫作型態進行。

何敬堯說，他已經決定要以西川滿為主要角色，寫一篇懸疑推理。楊双子說，想嘗試揉合歷史小說與百合題材，陳又津則只笑著，「能寫ＢＬ，都好。」瀟湘神舉了其他小說接龍的例子，說自己是第四家，正巧在結局之前，責任是努力把前面所有人的故事都整合起來，但勢必少不了妖異。

那時，盛浩偉憑著一股衝動提完了《驚婚》所記載的這段軼事後，毫無頭緒，只是覺得，自己類型什麼也不擅長，便開玩笑，說要以純文學來做結。

「那我就以純文學來決勝負吧。」——如今看來，這多麼愚蠢。純文學該如何替一串奇幻故事結尾？這問題，或許不比思考一個空無一物卻富有意義的上鎖箱子來得容易。

他看著不斷逼近的截稿時限，心想，只求小說之神能帶著繆思降臨。

夜越來越深。

時間就要到了。

——而我，我正在他的身旁望著這一切。

他其實，幾乎就要解開答案了，雖然還差一點。

他所忽略的是，鑰匙不只一把，而且鎖也是。

我所說的鑰匙與鎖，既可以是實體的，又可以是隱喻的。

他所忽略的是，其實人人都有這樣一把鑰匙，差別不過是，並非人人所持有鑰匙都會失去它的鎖。

沒有鎖，便沒有謎；沒有謎，便毋須傳說；毋須傳說，故無人記得。

反過來，為了使人記得，是故傳說之必須，謎之必須，鎖的喪失之必須。

我只不過是為了使人記得，才故意抹消了鎖。

於是人們才開始以為，一切的緣由，都來自鑰匙，而給鑰匙一個答案，彷彿就有了答案。

事實上，答案從一開始就被取消了。

換言之，所有答案也從一開始，就被肯定了。

肯定所有答案，於是誰都可以記得。

我究竟為何，並不重要，重要的是傳說能否持續將人們聯繫在一起，以及，人們能否持續記得。

我正在盛浩偉的身旁望著這一切如何又被重新記得一次——以一把鑰匙的形態，靜靜地躺在他的桌上。

我的存在，以及我所有複數的存在，只是為了確保此事：有人記得。

我並不絕對，也不崇高。我可以是鑰匙，也可以是任何物件；抹消鎖只是我達到目的的手段之一，我亦有其他手段。我可能存在於語言，存在於文字，存在於小說、故事、傳說、各種奇想。我存在近如咫尺之處，亦存在遙如天涯之所；當你們想，我即已隨處可見，但當你們視而不見，我遂宛若虛無。

我存在，只要有人記得。

只要有人記得，我就存在。

我究竟為何，並不重要。然而，如果人們終究不能滿足，終究渴求一個確切答案——那麼，想想在這一則流連眾口且紛雜歧亂的華麗島軼聞當中，你們曾經在何處見過我。

如果你們必然要給我一個稱呼，那麼，我就是阿拉法，我也是俄梅嘎。

我是首先的，我是末後的。

我是初，我是終。

是了——

我既是故事的初始，也必將成為一切的終結。

【後記】

給下一輪華麗時代的備忘錄

序幕・在對談之前

二〇一七年九月十日晚間九點二十七分，某個Messenger群組出現小小的動靜。「對談即將開始囉。」第一個人這麼說，立刻有人接連喊聲，「來了」、「簽到」，清點人頭，全員到齊。

為什麼是這五個人的組合？

敬堯：因為這是命中注定，天作之合，惺惺相惜的一場五虎英雄會。

双子：我也不知道為什麼是這五個人，一開始是敬堯邀我和瀟湘神，然後我們開始想說要再找兩個人進來，我強烈要求的是要有個寫ＢＬ的女生！

又津：嗯～敬堯是我目前小說中的環島主人翁，双子是我很萌的日本時代少女考據控，所以覺得很有趣。

瀟湘：其實前面不用講這麼好聽，簡單四個字，就是私相授受罷了（笑）。當初說要五個人，敬堯找了又津，我就找浩偉。所以說，私相授受。

浩偉：欸我記性超差，其實已經忘記當初被邀的詳情了……但應該是收到邀約跟知道已經說好要加入的組合，大致看下來覺得很有趣，就加入了吧。只記得答應之後再回去細看邀約，才覺得「咦我怎麼會在這裡（笑）」。

敬堯：因為一開始想到一個計畫，關於臺灣歷史與文學的跳Tone書寫，想獨立完成，但發現很多朋友都與我有同樣想法，獨樂樂不如眾樂樂，集結力量也許會挖掘出更不一樣的作品。因為與双子和瀟湘比較熟，所以就邀請他們一同加入，經過瀟湘推薦浩偉，浩偉是對於日治時代很熟悉的研究者，所以也邀請了浩偉。因為之前曾讀過又津寫作日治時代的小說，所以也覺得又津是一位很好的合作夥伴，所以五人小組就此敲定！

双子：後來我覺得這個組合很妙，因為異性戀男性、同性戀男性、異性戀女性、同性戀女性都有，這個組成真是多元成家（？）的典範啊～

又津：OK的我們只差跨性別夥伴了！

瀟湘：其實一開始從敬堯那邊聽到計畫，就覺得滿有趣的，但我最關心的是合作形式，因為我覺得只是不同五個作家圍繞著同一主題寫不同故事，似乎有些無趣。在此之前，我已經想過幾種或許算是有趣的合作形式，這次就懷著「可以試看看耶」的心態跳進來了，事後想想這陣容真是太有趣了，如果不是這樣的組合，結果或許會大不相同。

為什麼想參加這個合作？

敬堯：身為主揪人，我當然要參加（笑）。

双子：事情發生在二〇一六年的夏天，我接連跟瀟湘和敬堯實際碰面，覺得都挺合得來，特別是我跟瀟湘從靜宜大學搭公車到臺中車站，有講不完的話。敬堯發起時最初的三人就剛好是我們三個，所以即使不知道要幹嘛，我就立刻決定投入了。

又津：跨領域的創作者之間能實體見面太難得了。一年過去了，發現大家也還在書寫的路上，沒走去其他的地方，讓我非常安心（到底有沒有回答到？）。

瀟湘：就是懷著瘋狂邪惡科學家（？）的心態吧？（被打）想說，這樣的合作方式能不能行呢？會遇上什麼問題呢？如果遇上問題會怎麼解決呢？想知道細節的話就一定要身在其中，不能只是制訂規則而已。不過發展得太順暢，意外地沒遇上什麼問題，現在想想這真是……太可惜了（滾）。

浩偉：就像剛剛講的，很有趣。但這個有趣不單只是企畫本身，其實也包括那段時間自己一直在思考的問題。就是最近普遍有越來越多人關注臺灣歷史，也逐漸有這類型的作品或寫作，可是研究者的角度跟創作者的角度，或者可以加上市場的角度，這幾個都不一樣。研究者通常都很求「真」、講究資訊量，可是創作者有自己的視角、原創性以及想要表達的意念，而市場口味又不一定和前兩者完全吻合。說有趣就是，參與這個計畫的人，包括我，其實大家都有不錯的學院訓練，也有十足的考據、求證能力，卻也同時身兼創作者。我一方面自己一直很想嘗試如何在這幾個角度之間找到平衡，一方面也是很想看看其他人會怎樣面對這樣的「挑戰」。

為什麼選這個人物？

敬堯：西川滿對於我的創作觀有很大的影響，我從研究所時代就對他很著迷。如果以動漫角色比喻的話，他可以說是光明與黑暗共存的一方勢力，可以說是邪惡又迷人的角色，有人厭棄他，有人推崇他，所以當我想說如果可以製作臺灣版的《文豪野犬》，西川滿會是一個很有趣的取材人物。

双子：敬堯一開始就表態說要寫西川滿，但我沒有明確的人選，而是有想要操作的元素：百合、女性作家、臺中。於是找到臺中太平吳家的女漢詩人吳燕生。吳燕生很少人知道，連我已經讀了很久的日治臺中文獻都很難找到相關資料，為此我還參加了一場學術研討會來找線索，越來越加深我要寫這個人的意念。

又津：村上無羅啊～不覺得這個筆名就很中二嗎？一開始看到他的〈基隆燃放水燈圖〉覺得好美，也想討論創作的技藝，但設定寫作的人有點無聊，感覺會走向SM言語調教。一查，日本時代的畫家果然做過老師！老師就是要跟男學生OOXX啊，雖然他沒有教過臺北一中，但我決定讓村上英夫（本名）來這，算是彌補我少女時代沒讀過男校的遺憾。

瀟湘：其實最初敬堯說想要發展日治文人超能力故事的時候，我是想到龍瑛宗，直到構思中期都還在考慮他，但後來我決定寫金關丈夫。一個原因是，我算是從《民俗臺灣》一頭栽進日治時代文化圈，他是我最早認識的人之一；而我對人類學的興趣，也讓我對這位臺灣重要的人類學家抱著敬重；金關丈夫身為一個醫生，接觸到犯罪題材也是合情合理；最重要的是，就連我一位就讀人類學的朋友，都不知道他寫過推理小說，我就想，一定要好好讓大家認識一下金關丈夫，所以就這麼決定了……雖然最後好像變成寫國分直一，真是抱歉啊，金關先生（笑）。

浩偉：其實決定接龍順序之後我就沒得選了，因為最後一定要讓鑰匙跟呂赫若、郭雪湖有關啊。而選辜顏碧霞，是因為接龍引子中有提到，加上也想趁機了解一下，所以就把她加了進去。另外我整篇都是向李渝、郭松棻致敬，或許也可以說選了這兩個人吧。之所以選他們也是因為接龍引子，只是想說，引子是他們的對談紀錄，所以似乎得讓他們出現一下吧。

是否有想殺了上家（上上或上上上家）的時候？

浩偉：身為最後一棒，每篇小說出來的時候我都想殺了你們啊（誤）。

双子：看見敬堯小說結尾寫了一把青銅鑰匙的時候，我心想這個人搞什麼啊，呂赫若的鑰匙怎麼可能是青銅的！但我沒有對敬堯起殺意，真的，我只是讓那把鑰匙被爆破而已（笑）。

敬堯：因為我只是覺得超酷，完全沒想到後果（笑）。

又津：我覺得上家楊双子做得很好，直接把鑰匙炸掉，作為下家的我完全沒有負擔，只要專心讓角色們談戀愛就好了，只是我的場景在臺北，距離前兩家稍微遠一點了。還有那個鑰匙既然被炸掉了，為了下家著想我就加倍奉還，兩支鑰匙就不用找了～

瀟湘：雖然不到想要殺掉的程度……不如說，上家陷害下家是理所當然的，這才是小說接龍有趣的地方，不過看到又津的故事跟前兩家幾乎沒關係，我後面又只剩一家，顯然只有我能處理時，我真的只能苦笑了。

浩偉：看到這題超有感觸想插話，主要是因為地點。因為呂赫若郭雪湖的場景是大稻埕，但除了又津，大家地點都跑來跑去的，我一直很擔心最後找不到線頭把關聯接回來。第二點是，引子的鑰匙明明是一串，結果從敬堯開始都寫一把！這個很難解！

瀟湘：我也覺得一把很困擾！真心感謝双子毀掉後，又津給它增殖。

是否有想要陷害下家的時候？

敬堯：看到大家這麼在意我的結尾設定，真的很抱歉（跪），我會這麼做，是因為在古拉爵聽到瀟湘說，小說接龍的精隨就是彼此陷害，我就覺得這太有趣了！所以開始寫的時候，我就希望能出一個連我都不知道的難題作為結尾，想要實驗看看會發生什麼化學變化。引文只有一串鑰匙，我就只寫出一把鑰匙，其餘的鑰匙在哪裡，為什麼會四處流落，甚至是池大人到底是什麼身分，我想將這些（我想不出來的）設定都交給其他人（笑）。

双子：敬堯真的不必道歉，像我炸掉鑰匙，一了百了，滿心歡愉。下家是什麼，可以吃嗎？

又津：身為正中間的寫者，我沒有收尾的義務，事實上我根本是收尾苦手，知道後面是奇幻推理的瀟湘神，我就放心了，他一定會把謎題解開，我就直接讓主角之一死了！沒想到……

浩偉：等一下，你們這樣說……我覺得四五家是不是很衰！

瀟湘：我倒是喜歡當下面幾家，主要是喜歡挑戰前面提出的問題（笑）。回到這個問題，只是想的話，當然有啊，這可是上家的義務呢（笑），不過實際執行時，因為我已經超過規定的字數太多，加上時間不夠，已經沒有餘裕去思考陷害下家的手段了。對此我覺得有點對不起浩偉，沒有很好地陷害你（？）。

浩偉：不～我已經被陷害了還沒有下家可以陷害！所以只好把大家都寫進小說裡了。

有什麼設定令你困擾，或說充滿挑戰的部分？

敬堯：最難的設定就是自我侷限。因為這個合作很重視意外性，並且每個參加者都是抱持著跟上一家挑戰的心態，但身為第一家，我能挑戰的只有我自己，所以我一開始便給了我自己幾個書寫規則，想要跟自己決鬥，例如，第一，我寫小說必須一定要打草稿，有了穩定的架構之後才能寫出作品，但這次我決定完全不打草稿，就直接憑感覺書寫，第二，我很不擅長安樂椅推理的類型，所以我決定以安樂椅推理的形式來進行。對我來講，這些條件很嚴苛，我寫得很痛苦，寫了好個禮拜才只有五千字，這五千字對我來說就像地獄一樣。

幸好在期限前的一個禮拜，跟双子見面聊天訴苦，不知道是哪裡開竅，才突然有了寫字的靈感。這樣聽起來好像是在辯解自己沒有受苦（笑），但其實真的很煎熬，請双子作證。

双子：敬堯當初的草稿有給我看，但我什麼都還沒說，他就自己如有神助般的寫完了全稿，所以我整個是貓咪問號的狀態（笑）。

我的部分嘛，太平吳家的史料很少，吳燕生的史料更少，這是困擾的點。不過要說充滿挑戰的部分，是我發現太平吳家後人還在，而且太平吳家後人還送我吳燕生的詩集，給我吳燕生小時候的照片，邀請我去看《尋找・天外天》的紀錄片，而我卻寫了燕生和蘭英的亂倫百合——要怎麼面對吳家後人，真的是充滿挑戰啊……

敬堯：跟双子聊天，會被繆思招喚，誠心推薦（笑）

双子：那我的稱號要從百合少女改成百合繆思～（不）

瀟湘：何不百合繆思少女？

浩偉：與繆思百合的少女（？）

又津：雖然本來想寫的是少年愛，但看了第二家，忽然覺得少女們也非常可愛，要不是因為我對日本時代的女校實在一無所知，差點就要跟著去寫第二家的同人。這大概是個人定位的問題，不是小說接龍的問題了（逃）。

瀟湘：挑戰啊……如何讓看似毫無關係的〈河清海晏〉跟前兩家聯繫起來，就是我覺得最有挑戰的地方。結果〈河清海晏〉因此變得超級重要……總覺得有點對不起双子呢，很想拉更多情節進來，但也是双子那邊夠完整了，沒有太多的懸念需要處理。另一個挑戰是，其實我沒有這麼熟悉王爺信仰，臨時找了很多資料，像王爺跟水的聯繫，是翻日治時代的文獻忽然意識到的，昨天看到〈傳統民間信仰中的「王爺」是什麼樣的神明〉這篇文章，不禁慶幸我的推測沒有走得太偏（笑）。

浩偉：一個是剛剛講過的兩項，如何把地點、人物關係拉回到呂赫若身上，以及，讓鑰匙從一把變成一串。上面這比較是困擾的地方。挑戰的部分是我給自己的設定，因為從一開始就決定要跟李渝、郭松棻致敬，這真的是很大的挑戰。另外像剛剛双子講到的，一想到要如何面對這些歷史人物還在世的後人，寫的時候不免會焦慮……

看到自己的角色在別人的故事中有截然不同的走向，你的心情是？

敬堯：我暈！因為我寫完〈天狗迷亂〉之後，對於「西川先生」這個角色很有感觸，所以就開始寫另一篇接續的小說，甚至計畫來寫系列作品，怎知道瀟湘的篇章竟然將我的設定推翻！但是仔細想想，這也沒問題呀，因為我的小說中是「西川先生」，但究竟是不是西川滿，又有誰可以證明？搞不好「西川先生」是另一個完全不相干的人物呢！身在這個不可思議的世界，有很多巧合會發生，也許五個篇章都是在不同的平行宇宙發生的故事。所以，我就開始很放心地計畫起系列作。

双子：我的角色完全被放置play，我難過，嗚嗚。

又津：只好跟双子下跪了～瀟湘神開寫之前還問我，「可以讓鬼海死嗎？」我說當然可以，沒想到這麼感人，我都哭了，美少年們在瀟湘神筆下都談了美好的戀愛，那我就放心了。啊，還有，我也想寫國分和金關的ＣＰ！這就是上家的眼淚吧～太晚認識你們了～

双子：又津的眼淚和我的眼淚，是完全不同的上家眼淚！

瀟湘：也跟双子道歉，其實我本來想放進來，不過字數真的真的超過太多了，請原諒我！

浩偉：我一直心想你要是多寫一萬字，我就可以順理成章舉白旗投降了（超氣弱）。

双子：但其實瀟湘的原始版有五萬字！

浩偉與瀟湘同時：是五萬五！／其實是五萬五。

双子：你們兩個去結婚啦。

瀟湘：跪求又津寫金關丈夫跟國分直一，這兩人在歷史上的交情根本不用同人出手，金關丈夫自己就是超大手，還手繪以國分直一為主角的漫畫！

好，回題；看到金關丈夫在〈鏡裡繁花〉的決定，我覺得很聰明！為鑰匙製作一個鎖，真的太聰明了，而且最後一篇的後設構造，也像是在回應「為鑰匙製作一個鎖」，對這樣的設計，我根本沒什麼好埋怨的。

浩偉：我比較焦慮一直看不到自己要寫的角色出現（結果最後還是沒出現啊啊啊啊）。

又津：真的很在意金關X國分，然後，浩偉X瀟湘的CP我也會一起努力！

瀟湘：等一下（大笑）！

浩偉：瀟湘是嫌棄我嗎……（咦）

瀟湘：我只是不想被捲入情殺糾紛，你這個名花有主的男人。

双子：請大家盡情發揮，我們等等再進下一題（笑）。

瀟湘：為何要在這邊停下來啊啊啊啊～

双子：那讓又津結論。

又津：我會全力讓這兩組CP相遇！不管在任何時代和任何場景！

每個人自認在創作中扭曲最多史實的部分是什麼？

敬堯：在史實裡，其實吳新榮與「西川先生」究竟有無熱切交情，不得而知。不過，吳新榮確實在公開的文章裡，批評過西川滿的寫作路線是錯誤的。但我後來讀資料，發現他們都曾在東京讀書，所以就幻想，如果這麼不相干的兩人熟識彼此的話，會發生什麼事呢？所以就寫了這樣的設定。不過可惜的是，後來實際寫小說，沒有讓他們彼此有太多交流。

双子：我的部分嘛，就，亂倫啊！（炸）但認真說的話，是蘭英的身世不易考察，主要根據吳東碧為蘭英寫的墓誌碑文，增加了比較多自己的想像成分。

又津：村上英夫時代稍微往後了，但是沒辦法啊，要在日本時代找到這麼歡樂的氣氛，只有一九三五年了是吧。

瀟湘：應該是金關丈夫跟國分直一在一九三六年就認識這件事吧，他們好像是在一九三九年認識的，起因是國分直一寫的一篇考古學論文。雖然也可以把故事的時間調到一九三九年，不過我希望在鬼海守仍保持青春時就把他殺掉，就勉強在一九三六年進行了。雖然有些離題……但在寫作的過程中，發現不少創作跟史實偶然重合的部分，也讓我覺得很有趣，像

〈天狗迷亂〉中出現的吳新榮，我找資料時才發現他認識國分直一，而且他有次到臺北來，說透過C認識了帝國大學的K教授，怎麼想都是金關丈夫啊！那個C是國分直一的機會也很高，這個巧合實在太有趣，這種創作跟史實的偶然重合，某種意義上我覺得也有種扭曲的美感（笑）。

浩偉：要是跟史實完全一樣就不是小說啦。所以，我只能回答說，這是小說，到處都在微小地扭曲史實，就連所有看起來像真的的部分，也全都充滿了虛構唷。

每個人預設中的鑰匙到底是什麼？

浩偉：這題是我很想問的，因為小說裡我已經有給出答案了，所以很想知道大家原本的預設。

敬堯：所謂的鑰匙，就是「好奇」，因為在開鎖之前，永遠不知道會發生什麼事情。同時，我總覺得鑰匙既是祝福，也是詛咒，因為它會給人們無限的期待，但一旦打開了鎖，「好奇」就會被殺死。所以我是很希望鑰匙始終停留在開不了鎖的狀況。

双子：在我的設定上，鑰匙是厭勝物。我很認真的思索鑰匙跟詛咒之間的關係，光是想這件事，就讓小說前置作業花了十幾天吧，構思期間也寫了很多手寫草稿，我通常只有卡關的時候才會再次啟動手寫作業。後來小說裡石鵬先生對鑰匙的說法，就是我的答案。

又津：在第一家鬧財產糾紛，在第二家爆炸，那在第三家應該也是不祥的代表，然後我就努力想出適合美少年的死法。

瀟湘：其實寫的時候不太有餘裕思考這個問題，我也怕有定見的話，最後一家會不好發揮。但真要說的話，是繼承双子提到的天命與詛咒的一體兩面，無論是好是壞，鑰匙的轉移一定背負著某種命運的原理。但都是很模糊的，本來我就打算完全讓最後一家發揮。

双子：第一家有妖怪，第二家有鬼，第三家有死人，讚。

瀟湘：第四家，上面全都有。

浩偉：這樣看來，我給的答案其實和敬堯很接近欸。

敬堯：是呀！所以我讀到浩偉的〈鏡裡繁花〉很感動！

這次合作最愉快的部分是？

敬堯：能夠認識大家，真是我的幸運與幸福（泣～）

除了很感謝大家，更讓我覺得愉快的地方是，發現小說這個文類，真的是充滿無限可能。

不只是發現自己其實有寫安樂椅推理的可能，更常常在其他篇章裡發現：喔！原來還有這種寫法！真是好佩服！這樣的感動。

双子：這個組合是完全意想不到的組合，一棒一棒接力的時候，常常邊讀邊讚歎，覺得大家的腦洞都很大啊（笑），這是非常開心的經驗！

又津：就算寫的是同一個時代，大家果然還是寫了完全不同的故事，就跟現實中我們身為作者，寫作的姿態、理論也完全不一樣，見識到了！

瀟湘：最愉快的我覺得是寫作本身。在此之前，我自己已經參加過好幾次小說接龍，是社團中舉辦的。不過這次是我覺得挑戰難度最高，同時也處理得最愉快的一次。很高興是這樣的組合和順序，但下次，在順序和規則上，我們提高一點難度好不好？一定會很有趣的喔！（笑）

双子：還要怎麼提高難度（笑）！

瀟湘：可以看下一個主題是什麼再想（大笑）。其實要提升難度方法很多，不過我覺得重點是大家寫得開心，讀者也看得有趣。

浩偉：雖然開玩笑說看到大家寫出來都想殺人，但老實說，最愉快的還是看到大家的小說，從敬堯、双子、又津，到瀟湘，每篇都讓我開眼界，沒想到可以寫這些人物、沒想到可以這樣的方式去寫。之前還在趕稿時也有和大家閒聊到，不知道是偶然還是必然，每個人都只是挑自己想寫的人物，結果到連最後，金關丈夫真的還可以跟呂赫若扯上關聯，這讓我在思考架構的時候真的有種冥冥中注定的感覺啊。

双子：池大人的凝望～

敬堯：我覺得我們都被詛咒了。（笑）

瀟湘：詛咒就是祝福啊。

浩偉：下一回我一定要在前幾家！

終幕・大家還有什麼想對讀者說的嗎？

浩偉：我剛剛一直強調這次是致敬，主要也是希望讀者如果覺得我們的小說有趣的話，別忘了按圖索驥，去多了解小說中提到的人物或者是找他們的作品來讀。

瀟湘：我覆議浩偉，關於金關丈夫跟國分直一還有太多想寫進來的了，但沒有機會，他們絕對是在臺灣史上很值得認識的人物！

只可惜金關丈夫的作品多半沒有翻譯……

又津：如果讀者有想要召喚、知道更多故事的角色，歡迎告訴我們，關鍵或許就在你的心中！

敬堯：我也期待讀者能藉由小說，更認識西川滿這位有趣的人物！

双子：諸君，歡迎光臨華麗島！

（完）

九歌文庫 1267

華麗島軼聞：鍵

作者	何敬堯、楊双子、陳又津、瀟湘神、盛浩偉
責任編輯	羅珊珊
創辦人	蔡文甫
發行人	蔡澤玉
出版發行	九歌出版社有限公司 臺北市105八德路3段12巷57弄40號 電話／02—25776564・傳真／02—25789205 郵政劃撥／0112295—1
九歌文學網	www.chiuko.com.tw
印刷	晨捷印製股份有限公司
法律顧問	龍躍天律師・蕭雄淋律師・董安丹律師
初版	2017年10月
定價	360元

書號	F1267
ISBN	978-986-450-147-2

（缺頁、破損或裝訂錯誤，請寄回本公司更換）

國家圖書館出版品預行編目資料

華麗島軼聞 / 何敬堯等著. -- 初版. --
臺北市：九歌, 2017.10

面；　公分. -- (九歌文庫；1267)

ISBN 978-986-450-147-2（平裝）

857.61　　106015595